致青春 008

我的妄想症男友

〈上〉

葉子 著

高寶書版集團

他是妄想自己是皇帝的家族繼承人。
她是瀕臨破產的小迷糊實習心理醫生。
她奉命醫治他，他拚命想趕走她。
他倆相愛相殺，是一對歡喜冤家。
他究竟是真瘋還是裝傻？她又能否如願將他拯救？
那支失傳了數百年的點朱桃花簪為何會在她身上重現？
他們的背後又有著怎樣複雜可怕的陰謀和陷阱？
如果說「有緣之人，終會重逢」，
他們將如何攜手，用心用情，贏得不一樣的人生……

目錄
CONTENTS

第一章　妄想症患者

「這位病人，是一位年輕優秀的海歸學子，只是不久前突然遭遇一場車禍，醒來後就得了妄想症，說自己是皇帝。」

1

從記事開始，羅開懷始終做著同一個夢。

夢裡雨後初晴，奉天殿前的白玉長階越顯潔白寬闊，長階一頭立著他，一頭立著她，兩丈餘遠的距離，卻已是一生永隔。

「愛妃可還記得，朕與你有個遁世之約？」他笑著對她說，彷彿階下層層叛軍皆不存在，「朕不做皇上，你也不是妃子，你我攜手同遊，做一對神仙美眷。」

她眼裡也盛進笑意，彷彿頸邊森涼白刃亦不存在。「臣妾當然記得，今生來世，臣妾都記著與皇上的約定，請皇上看好這枚簪子，」說著拔下頭上玉簪，「茫茫人海，相見不相知，來世相認，唯以簪為憑。臣妾今日先走一步！」

一股鮮血自頸項噴出，血珠噴灑在藍天上，細碎在陽光裡。她有一瞬忘了身後叛軍逼宮，忘了此時何年，自己又是誰，只覺眼前紅雨好美，想要抬手去觸，卻帶不動手臂分毫。

我是死了嗎？那怎麼還會痛？不，不是項上痛，是心裡痛，原來死亡就是這樣的感覺啊。

恍惚感到身旁叛將驚慌，意識回歸，最後朝白玉長階上看去。他一襲黃袍立在藍天下，灼灼白光晃得她看不清他的容顏。她奮力地睜開眼。

上天啊！請讓我再看他一眼。

眼前華光更甚，天地間轉瞬只餘一片耀目的白。

羅開懷猛然睜開眼，發現枕頭又已經濕了一小片，抬手去擦眼淚，又覺手臂一陣酸麻。她費力地翻身坐起來，若有所思地揉捏被自己壓麻的手臂。

雖然是夢，醒後也記不太清具體情形，但那種透骨的悲傷卻每次都真真切切。

因為這個夢，她十幾歲時還被奶奶拖去看過神婆，無奈她這個夢特別頑強，神婆也趕不走。後來漸漸大了，她自己翻書，發現西方一些心理學家宣稱可以通過回溯療法，使人在催眠狀態下記起前世發生的事，她便覺得自己這夢境大概和前世記憶有關，甚至考大學的時候，還鬼使神差報了心理學專業。

誰知念了心理學才發現，回溯前世這種說法，在國內主流心理學界是不被認可的，心理學課程對它更是隻字不提。有一次她實在按捺不住，問一位老師回溯前世到底可不可信，結果得到了十分確切的回答：

「如果人有前世，還能回溯，那麼還要歷史學家做什麼？多募集些志願者，給他們每人催眠幾次，是不是許多歷史懸案就解決了？考古學家也不用再研究，說不定有人上輩子就是恐龍，可以直接告訴我們恐龍滅絕的原因。」

老師的話無可辯駁，羅開懷自此再也不敢向老師們請教這個問題，後來時間久了，她自己也漸漸覺得這個想法荒唐。心理學認為夢是人潛意識的呈現，她想自己反覆做同一個夢，大概是基於某種強烈而尚未知曉的潛意識吧。
這個解釋夠正統，她也終於放下了心中糾纏多年的疑問，只是偶爾她會允許自己發一小會兒呆，放任自己去想像：如果是真的呢……如果，那個猜想是真的呢？
壓麻的手臂好一些了，她抬了抬，按在仍有餘痛的胸口上。
突然桌上鬧鐘大作，她回神過來，這才想起今天是星期一，秦風昨天特地打過招呼的，說今早有個重要的會要開。
飛快地整理好自己，看一眼時間，早飯是不能吃了，還好餐桌上有個蘋果，她隨手拿起來。
「放下！」爸爸一聲厲喝，從廚房裡衝出來，手裡還握著把菜刀，「快放下，快！」
羅開懷驚訝地看著爸爸，又看了看自己手中的蘋果，還沒反應過來，就見爸爸已拖著瘸腿疾奔過來，一把搶下蘋果，又雙手捧著，恭恭敬敬地放回餐桌正中央，眼中散發出陶醉的光芒。
「爸，這蘋果有什麼不同嗎？」
「大不同！」爸爸得意又虔誠地說，「這可不是普通的蘋果，它是我的祈福聖果。」
「……」
「警告你啊，絕對不許再碰它，它是要保佑我今天股票翻盤的，要是影響我今天翻本，看我怎麼教訓你！啊，對了，家裡別的東西也不許碰。」
羅開懷環目四望，果然見家裡一片紅：紅衣服、紅帽子、紅圍巾，連爸爸本命年那條紅腰帶都繫在了門把手上。也不是第一次見這種陣勢，她無奈地嘆口氣，拎著包去上班。

只是一隻腳才邁出門，忽然又頓住了，她低頭盯著那被拉開拉鍊的手提包，皺了皺眉，轉身向小臥室走去。

「羅大笑，你給我出來！」

小臥室裡悄無聲息，空氣中彌漫著一股宿醉的酒味，羅開懷捏著鼻子，三兩步衝到窗邊「嘩」的一聲拉開窗簾。

「羅大笑，起來！」

床上的一大包一動不動，好像真睡著了似的。她一把掀開被子，拎著弟弟的衣領揪起來：「給你半分鐘，把拿走的錢還給我。」

終於挨不過去，羅大笑只好使出第二招：扮可憐，「姐，這回跟以前真不一樣，我今天是要去面試，要繳面試費的，你就幫幫我吧。」

羅開懷哼了一聲，冷笑道：「第一，裝睡代表逃避，逃避代表你心虛；第二，你雖然裝得可憐，但閃爍的眼神已經出賣了你；第三，哪家公司招人還收面試費啊？」她突然提高音量，成功把弟弟嚇得渾身一震。

「哎喲，姐，我真沒騙你，」羅大笑驚嚇歸驚嚇，還是堅持使出了第三招：死撐到底，「人家是正經公司，招一次人那陣仗大著呢，光午餐都有一百多道菜，開銷大了去了，就這點面試費那都是象徵性收的。」

「呵，你應聘什麼職位啊？」

「大中華區……總經理。」

「羅大笑，你是真傻，還是以為我傻？」

「怎麼……怎麼是傻呢？姐你怎麼罵人呢？」

「不罵可以，把錢還給我！」

「一大早，吵什麼吵？」爸爸聽到動靜過來，看看羅大笑，又看看羅開懷，「大清早不快點去上班，在這裡和你弟弟吵什麼呀？」

羅開懷把弟弟偷錢、撒謊的事一清二楚地說完，爸爸聽完也是一嘆，想了想，皺眉說道：「開懷呀，不是我說你，你弟弟找工作是正經事，你做姐姐的怎麼也該支持一下，不就是幾百塊錢嗎？」

「爸，他根本就不是找工作，他是偷錢、撒謊。」

「偷偷偷，你怎麼可以這樣說你弟弟呀？」爸爸不悅起來，「你是他姐姐，他拿你的錢也算偷？那上次我拿了你的錢沒打招呼，也是偷啦？」

羅開懷十分無奈，爸爸總是有這種幾句話之內把話引得離題萬里的本事。

「好，錢的事不提，可是他根本就沒有找工作，他撒謊。」

「誰說他沒找工作？我每天親眼看他一大早出去，天黑才回來，不是找工作是幹什麼？現在都要面試了，你還說他撒謊？」

「早出晚歸也不代表他找工作……」

「你就是看你弟弟不順眼！」爸爸氣得拐杖篤篤點地，「也看不上我這個爸，是不是？咱們家窮，我這個爸爸沒本事，又帶著個弟弟拖累你，但是羅開懷，我告訴你，我把你從小養到大，雖然沒有錦衣玉食，但我供你吃供你喝，我不欠你的！」

「爸，你說到哪裡去了？現在是說我弟弟撒謊。」

「你不就是怕花你的錢嗎？」爸爸越說越氣，脖子上青筋突出，「行，我跟你說清楚，今天你弟弟面試這筆錢，就算我這個爸爸向你借的，等我股票翻了本，我連本帶利還給你，保證一分錢都不欠你的！」

羅開懷只覺胸中一陣悶，千言萬語堵在胸口，卻沒有力氣說。她揚了揚臉，將酸澀憋回去：「行，爸，我錯了，我支持他。羅大笑，我祝你今天面試成功。」

走出家門，關門前聽見飄出的罵聲：「自私自利！」

眼淚終於還是流了出來，她吸了吸鼻子，又用手背擦乾。生活從來都不容易，誰都不容易，學心理學幾年，她最大的收穫就是知道每一副柔軟或猙獰的外表下，都有不可碰觸的心靈之傷。爸爸年紀大了，拖著條瘸腿，身無長技，人生所有的希望都放在股票上，股票又總是賠本，脾氣大一點也是在所難免……一邊走下樓梯，一邊把手按在胸口上，雖然道理全都懂，可還是沒有辦法假裝不疼。

好在過一會兒就會好的，這個她很有經驗。當年媽媽去世，她以為天都塌了，可是過一陣子，生活還是繼續；後來爸爸打工摔斷了腿，她又以為天要塌了，可是撐一撐，慢慢地也過來了。媽媽去世後的這些年，生活絕非艱難兩字可以形容，在這些日積月累的艱難中，她最大的收穫就是明白了無論發生任何事，只要撐一撐，總會過去的。只要你有撐下去的勇氣和力氣。

巷口早餐鋪飄來牛肉餅的香氣，她快走幾步過去。「老闆，一份牛肉餅。」想了想，又改口，「哦，不，兩份！」

2

無憂心理診所在大廈的十二樓，羅開懷站在電梯裡，對著鏡子調整笑容。這是秦風在他們這些實習生入職前提出的要求——作為一名心理諮商師，你工作的內容是疏導病人的問題，而不是發洩自己的問題，所以不管帶著什麼樣的情緒來上班，一定要在電梯停在十二樓之前調整好自己，面若桃花，心若明鏡，本我，忘我，無我……

「叮！」十二樓到了，電梯門緩緩打開，羅開懷滿意地翹一翹嘴角，邁出門去。

「嗖！」一個瑩白物體突然飛矢流星般朝她飛來，她本能地一閃，只聽身後啪地傳來瓷杯的碎裂聲，緊接著又是嘩啦啦碎落一地的聲音。

「來啊，過來殺我啊！大不了一命抵一命！」

驚魂未定地抬頭，就見大廳一個歇斯底里的大男孩正揮著一把水果刀和保全對峙。幾個醫生護士戒備地遠遠站著，實習生Linda保持著兩公尺以外的距離，試圖讓男孩平復。一個四十幾歲的中年婦女躲在大廳一角，一邊啜泣一邊緊張地觀望。

「你別過來，你不是醫生！」男孩對著Linda大吼，「你們全都是黑暗組織的人，你騙不了我！」

大概明白了是怎麼回事，羅開懷悄悄挪到櫃檯去問護士小麗。

「Linda的病人？」

小麗也悄悄點頭：「被害妄想症，今天第一次來，Linda五分鐘就把人刺激成這樣了。」說著撇了撇嘴，斜瞧一眼Linda。

男孩大概是對峙得有些累了，持刀的手有些放低。保全看準時機，機靈地飛身撲去，誰知男孩比他更機靈，一個橫跳讓他撲了個空，又趁機飛起一腳把他踢倒在地，發出清晰的骨頭撞擊大理石的聲音。

羅開懷很疼似的閉了閉眼，護士小麗悄聲道：「這人腦子有毛病，身手倒蠻好的。」

「你說什麼？！」男孩猛地轉身看向這邊。

小麗嚇得花容失色，一個字也不敢再說。男孩手持尖刀，一步一步朝這邊走來。眼看男孩越逼越近，小麗嚇得幾乎快哭出來。

羅開懷咬了咬唇，突然一個一百八十度轉身面向小麗，大叫道：「不許傷害他！」

整個診所的人都呆了一秒鐘。男孩也驚呆了，刀尖停在小麗身前半公尺處，他驚訝地打量羅開懷，好像還是不相信她吼叫的對象真的是小麗，而不是他。

「離他遠一點，我絕不允許你們傷害他！」羅開懷一邊展臂保護男孩，一邊對小麗眨眼睛，小麗心領神會，一點一點挪開，兩步之後咻地逃開了。男孩沒料到竟然有人保護自己，一時有些錯愕。

羅開懷慢慢靠近他：「別怕，我是光明組織的，專門對抗黑暗組織，今天是專程趕來救你的。」

男孩更加驚訝：「光明組織？有這組織？」

「當然，我們專門拯救被黑暗組織迫害的對象。」

「可是我從沒聽說過你們。」

「那是因為敵在明，我們在暗。」

「……我憑什麼相信你？」

「就憑我是今天唯一能救你離開這裡的人。」

男孩猶豫了一會兒，肩膀終於略略降低：「你真的能救我？」

「當然，」羅開懷快速朝男孩身後瞥了一眼，保全已經站起來了，正在慢慢靠近，「看到那邊的安全出口了嗎?現在閉上眼睛，聽我數一二三，當我數到三，立刻朝那邊跑，出去就有人接應你。」

男孩緊盯了她一會兒，終於閉上眼睛。羅開懷伸出三根手指向保全示意：一、二……還沒數到三，保全猛地從身後躍上，雙臂緊緊箍住男孩上身，男孩立刻瘋了一樣地掙扎，嘴裡啊啊大叫。羅開懷不顧危險衝上去，從男孩手上奪下了刀，其他醫生護士也紛紛上來合力制伏了男孩。

兩個男醫生用繩子捆住男孩手腳，羅開懷看著男孩瘋狂地掙扎，心裡暗暗愧疚。如果不是情勢危急，她也不願這樣對待病人。

心理診所如今已漸漸被許多人接受，但還是有很多人沒有正確認識它，有的是不願來問診，有的是把精神病人送過來。其實心理診所的病人很普通，就是那些帶著心靈之傷，或光鮮或頹廢或強大或軟弱地行走在人流之中的普通人，他們穿著沉重的鎧甲，舉步維艱地裝作若無其事，卻不知什麼時候就會跌倒。心理醫生努力做的，就是幫助他們卸下鎧甲，釋放那些不堪重負的靈魂，幫助他們成為他們自己。

而這名男孩的症狀，已經超出了心理疾病的範圍，他們能做的其實並不多。

所長秦風不知什麼時候走過來，伸出肥厚的手掌拍拍她肩膀：「開懷啊，剛才真是多虧了你，關鍵時刻機智果敢，真不愧是我的好學生啊。」

羅開懷笑著往旁邊站了站，悄悄保持合適距離：「哪裡，還不是因為秦老師您教得好。」

「哎呀呀，你的手流血了!」秦風一下抓住她的手，現出心疼神色。

羅開懷一驚，這才注意到自己的手被劃出了一道傷口，剛才腎上腺素爆發，竟然都沒覺得疼。

「那個，所長，我去洗一洗。」

「那怎麼行？我那裡有藥水，過來我幫你擦。」

「哦，不用了，我自己有OK繃。」她說著急忙把手抽出來，逃跑似的往茶水間跑去。

秦風是她念書時的老師，現在的所長，聽起來應該是十分親厚的關係，可是這世上的事如果都如聽起來那麼簡單，又哪會有他們心理診所和心理醫生的存在？

事實上她念書時和秦風並無深交，只是快畢業時，秦風突然以心理診所所長的名義向她發出邀約，她覺得薪水不錯，家裡又急等她賺錢，便高高興興地答應了。當時有幾個同學還很羨慕她，說沒想到成績好是這麼重要，一找工作效果就立竿見影。她自己想了想，也深以為然。

傷口不長，卻很深，洗了好久才總算不大流血了，可是腎上腺素也降了下去，這會兒一陣比一陣疼，她便繼續用自來水沖著。

「喲，血都不流了，還沖呢？」Linda端著個杯子走進茶水間，倚在水槽旁邊斜眼瞧著她，「生怕大家不知道你受傷了？」

職場定律一：你的優秀代表別人的平庸。羅開懷暗自嘆了嘆，剛才Linda的病人被她制伏，Linda覺得臉上無光，對她心懷怨恨也是正常的。

她一邊繼續沖著水，一邊說：「剛才那種情況，如果我不採取行動，病人可能會傷害小麗，我也只是為了救人。」

「可不是嘛，所以我得謝謝你，感謝你急中生智化解了一場危機。」

「不敢當，是大家合力制伏了病人。」

Linda一聽，「哧」地就笑出了聲：「一般居功至偉的人呢，總喜歡在事後這樣說：我一個人的力量有限，這是大家的功勞。從表面上看，這是一種謙虛，可實際上，是潛意識在把『我』和『大家』區分開，是一種更深層次的驕傲。」

職場定律二：當有人把你當軟柿子捏，你一定要清楚地告訴他——你捏錯人了。羅開懷想了想，轉身笑著說：「那也沒什麼不好啊，居功至偉嘛，也有驕傲的資格。」

Linda一聽氣得瞪眼睛，似乎在懊惱自己的話給她留了空子。

羅開懷接著說：「不過Linda，如果你今早在辨別病人時，能發揮出剛剛一半的專業精神，也許我的潛意識就不會有機會享受這次驕傲。」

「你什麼意思？」

「很簡單啊，剛才那個病人有妄想症，你第一眼就該知道不屬於我們的收治範圍，應該送精神病院。」

「你是在指點我嗎？」Linda聲調突然高了起來，「羅開懷，是不是剛才出風頭的感覺太好，你都忘記自己是誰了？你是秦所長的學生，我也是秦所長的學生，我是實習生，你也是實習生，你有什麼資格教訓我？」

「過度敏感是缺乏自信的表現，Linda，你是因為念書時成績不好而缺乏自信嗎？」

「羅開懷，你不要太過分！」

門突然被推開，秦風光亮亮的腦袋探進來：「開懷啊，你的手……啊，呵呵，Linda也在？」

羅開懷擠出一絲笑：「我的手已經不流血了。」

Linda冷著一張臉不說話。秦風靈敏地察覺到異樣，笑著點點頭：「都在就好，開會時間到了。」

哦，對了，那個會。被Linda這一氣，差點忘了。

3

無憂心理診所每月都會召開一次例會，用於醫生間討論典型病例或交流心得，不過今天並不是開例會的日子，這種臨時會議不常有，秦風又特別說是重要會議，此刻等在會議室裡，醫生們也都有些好奇。

「不會是要裁員吧？」小劉說。小劉是重點大學心理學碩士畢業，比小醫生有經驗，比老醫生有學歷，是診所的明星醫生。

Linda的氣還沒順過來，陰陽怪氣地說：「裁員也裁不到你頭上，你吵什麼？」

小劉被這麼一嗆，也是不樂意，回嘴說：「也對，不過有些水準不濟的人可就得小心了，過不過得了實習還很難說。」

「你說誰水準不濟？」

「就是你啊。」

「你再說一遍！」

一位老醫生及時制止：「別吵了，醫生之間吵成這樣，被病人看見多影響形象！」

Linda和小劉互相瞪了瞪眼睛，總算是住了嘴。

羅開懷想想說：「會不會是所長遇到了什麼疑難病症，找大家來會診的？」

正說著，秦風推門進來，白嫩嫩的臉龐頂著一顆光亮亮的頭，柔軟的大肚皮裹在襯衫裡，羅開懷一見到他就想起大白蟲子。他笑瞇瞇地坐下，笑瞇瞇地打開資料夾，又笑瞇瞇地掃了一眼眾人。

「人都齊了，那我們就開會了。」

之所以笑瞇瞇，不是因為他心情好，也不是因為有好消息要宣佈，而是因為秦風這個人呢，一年四季風雨無阻都是一張笑臉，就好像戴了一張長在臉上的假面具，任何微表情、讀心術，到他這裡都沒什麼用。

「特地召集大家來，是因為咱們診所最近收到了一位情況特殊的病人，有些事需要和大家商量。」

小劉朝羅開懷遞了個「果然如此，佩服佩服」的眼神，羅開懷笑而不語。

秦風朝他們瞥了瞥，笑著繼續說：「這位病人，是一位年輕優秀的海歸學子，只是不久前突然遭遇一場車禍，醒來後就得了妄想症，說自己是皇帝。」

「妄想症？」羅開懷插嘴。

「皇帝？」

「突然得的？」

「車禍？」

好幾個醫生也都插嘴。Linda 揚眉吐氣地看向羅開懷，秦風都收妄想症，她自然不該被責怪。

秦風點點頭，笑說：「沒錯，妄想症的確不在我們收治的範圍，但這個病人情況特殊，不適合送到精神病院，患者家屬又認為我們這裡的醫生執業水準更高，遠非精神病院的醫生所能比，所以再三懇求，請我們無論如何收下這個病人。」

這話說得大家愛聽，醫生們有的微微點頭。

小劉半開玩笑地說：「那這病人就分給 Linda 吧，她治妄想症有經驗。」

「可別，」Linda 立即說，「我水準不濟，哪能和你這名校生比？我看還是你留著。」

秦風抬手止住兩人鬥嘴：「我話還沒說完，這個病人的情況呢，特殊就特殊在他不能出門見人，必須由我們的醫生登門服務。今天召集大家開會，就是想問問哪位醫生最近病人不多，願意前去服務？」

片刻的安靜。

又是小劉先開口：「不是吧？皇上不能屈尊駕臨？須得太醫面聖？這看來病得不輕啊。」

秦風笑呵呵說：「當然也有這個原因，不過最主要還是因為對方身份特殊。人家是某著名上市奢侈品集團的高層，一旦出門，很有可能導致病情洩露，而這勢必導致股價波動，繼而給集團帶來不可估量的影響。患者家屬提這個要求，也是迫不得已。」

「原來是土豪啊，」小劉不屑地說，「可是所長，你沒跟他們說嗎？我們診所，哦，不，我們這一行都沒有上門服務的規矩，他們能來治就來，要是不能來，可以另想辦法呀。」

秦風還是呵呵笑著。「也不能這麼說，規矩是針對一般情況的，這個病人，他情況畢竟不一般。」

小劉嗤之以鼻：「不就是有錢嗎？」

別的醫生雖沒說什麼，臉上卻也是一樣的表情。

Linda 猶豫一會兒，問道：「所長，您剛剛說的『著名上市奢侈品集團』是指 TR 集團嗎？我記得不久前有新聞報導說，他們新繼任的董事長出了車禍。」

秦風思索一會兒，點頭說：「沒錯，既然 Linda 猜到了，我就不瞞大家了，對方的確是 TR 集團的新任董事長。他們的老董事長不久前剛剛去世，股價也剛經歷了一番波動，此次又逢新董事長突然發病，若這消息傳出去，勢必帶來新一輪影響。我們做心理醫生的，最擅長的就是換位思考，也請大家為對方想想嘛。」

那倒也是。大家思索著，終於沒人再說什麼。

Linda 想了想，十分誠懇地說：「所長，其實剛剛小劉說我對治妄想症有經驗，也是有道理的，我最近剛好在專心研究妄想症，頗有些心得，所以對這個病例特別感興趣。」

小劉連忙擺手：「別！可千萬別扯上我啊。你哪是對病例感興趣？你那是對 TR 集團的東家感興趣吧。」

有人嗤笑，Linda 很尷尬，狠狠地瞪了小劉一眼。小劉用「怕你呀」的眼神瞪回去。

秦風笑容不減，點頭稱讚道：「很好，年輕人肯努力，值得表揚！希望我們診所的年輕醫生都能像 Linda 這樣，多找機會提升自己，而不是對別人的努力報以曲解或詆毀。」

小劉一聽，鬱悶地低了頭。羅開懷朝他笑：叫你話多。

秦風看向羅開懷：「開懷，你有什麼想法嗎？」

啊？

羅開懷一邊暗嘆老師真是眼力不減當年，一邊摸了摸手上隱隱作痛的傷口，笑嘻嘻地說：「沒什麼想法，所長說得對。」

「哦？那你說說，我是哪句話說得對呀？」

「……都對，都對。」

秦風點了點頭，笑著說：「既然這樣，那我就把這個病人交給你如何呀？」

什麼？羅開懷一愣，忙說：「所長您就別逗我了，我一個實習醫生，哪有資格接這麼有分量的患者呀？」

秦風也不再說什麼，只是笑了笑，彷彿剛才那話就只是個玩笑。

「今天的會就先這樣，」秦風總結說，「知道大家對登門治療有些排斥，我也歷來不主張強求，那麼就請大家各自結合目前的工作，再仔細考慮一下，誰有意願去，可以稍後私下告訴我。」想了想，又笑說：「當然，如果實在沒人願意去，也就只能讓委託人另外想辦法了。」

4

散了會，醫生們陸續離開會議室，只有Linda直接留了下來，不一會兒一出來，就大張旗鼓地聲稱要惡補有關妄想症的知識，這等於明確宣示了她對這個病人的所有權，好在其他醫生都對登門治療很排斥，也沒人和她爭。

「天啊！他原來長得這麼帥！」Linda用手機查到TR集團網站上的公開資料，對著螢幕叫道，「朱宣文，名字也很好聽呢……英國倫敦國王學院，身高一八六……哇！還只有二十六歲，居然二十六歲就可以做董事長！」

小劉嗤之以鼻：「他那叫繼承，繼承好嗎？TR集團今天的輝煌和他沒有半毛錢關係。」

Linda熱情不減，繼續盯著螢幕說：「可是他還有一個二叔，年齡資歷都比他占優勢，但他爺爺還是選擇了由他繼承公司，這說明什麼？說明他比他二叔更有競爭力，絕對是青年才俊。」

小劉又哼一聲：「那又怎麼樣？還不是得了精神病？」

「我會治好他的。」

「難不成，你想把他治好了收歸己有？」

「是啊，你管得著？」

「小麗，登記！」小劉朝著櫃檯誇張地叫道，「又一個妄想症。」

「劉大壯！」Linda呼地拍案而起，休息區頓時一陣血雨腥風。

在心理診所，醫生之間說話向來是這麼直接，倒不是因為大家都真性情，只是因為知道彼此都火眼金睛，想瞞什麼也瞞不住，時間久了，自然養成了這種說話風格。

羅開懷這會兒沒有病人，開完會就回到診室翻看治療紀錄，只是翻著翻著，視線就轉到了電腦上。彷彿鬼使神差地，她打開了搜尋頁面，不由自主地鍵入了一個名字：朱宣文。

剛才聽 Linda 大聲念出這個名字，心臟突然沒來由地痛了一痛。這種感覺她很熟悉，每次從那個夢裡醒來都是這種感覺，可清醒時感到痛，這還是第一次。有一瞬她懷疑自己是不是得了什麼隱疾，之前症狀輕，現在變得嚴重了。可是下一秒，卻又忽然很想看一眼 Linda 的手機，看看那個叫朱宣文的人，究竟長什麼樣子。

頁面打開了，照片上是一張微笑的臉，寬額頭，高鼻樑，寬闊的眉眼散發柔和光芒，薄薄的嘴唇微彎，心情不錯的樣子。心臟又毫無預兆地一縮，清楚地感到呼吸困難。難道這就是人家說的「帥到讓人無法呼吸」？

她仔細打量眼前這張臉，的確是很帥的，更難得的是還很有親和力，叫人看一眼就覺得好像以前在哪裡見過似的。四周無人，她任目光肆無忌憚地在他臉上流連，慢慢地，只覺他也在看著自己，一股奇異的感覺湧上心頭，又慢慢暈開，有點開心，有點難過，攪在一起，像是說不出地心酸。

她很奇怪，自己為什麼會對一張陌生人的照片有這種感覺？稍稍移開視線，目光凝在照片右側的三個字——朱宣文上。

突然電話響了，她一驚，急忙關掉頁面，心怦怦地跳，這才想起只是個電話，對方又不會知道她在看什麼，不由得鬆了口氣，又一想就算看到又怎麼樣？自己怕什麼呢？

瞥一眼號碼，是秦風，匆忙接起來。

「開懷呀，」秦風笑呵呵地說，「現在忙嗎？」
「呃……還好。」
「方便的話，到我這裡來一趟？」

5

羅開懷推開秦風辦公室的門，下意識地又摸了摸傷口。剛剛特地找了個大片的 OK 繃貼上，她想，他總不至於撕開 OK 繃幫她擦藥吧？
誰知秦風並沒提擦藥的事，只笑呵呵地指了把椅子叫她坐下。
「開懷啊，剛剛會上說的那個病人，交給你，有沒有信心啊？」
羅開懷椅子還沒坐穩，一聽這話差點摔倒。
「所長，這裡沒有別人，您就別開我玩笑了。」
秦風笑瞇瞇地看著她：「如果不是開玩笑呢？」
她仔細觀察秦風好一會兒，驚訝地發現他竟然可能真的不是在開玩笑。
「可是，明明 Linda 剛才已經……」

「Linda 確實是想接這個病人，可是你們都是我的學生，她的水準你也了解，這個病人我是萬萬不會交給她的。」

這話倒是實在，事實上羅開懷進診所這麼久，最想不明白的就是秦風怎麼會把 Linda 也招了進來。

「怎麼樣？有沒有信心？」

「呃……可是診所裡有這麼多正式醫生，我一個實習醫生去，會不會不合適啊？」

「不要妄自菲薄，我對你的水準有信心，你沒問題。」秦風說著，又笑著向她湊近一點，「開懷啊，其實雖然在會議上我說誰去都可以，可私心裡，我是想把這次機會留給你的。因為第一，你水準足夠；第二，」他頓了頓，現出殷殷關懷之情，「這次出診報酬也特別豐厚，一個星期的報酬就有三萬，你家裡的情況我知道，你如果接下來，能大大舒緩你家裡的困難呀。」

羅開懷被聽到的數字嚇了一跳：「三萬？一個星期？」

秦風笑著點頭，又說：「當然，也不是無緣無故給這麼高，委託人對我們還有特殊的要求，他希望我們的醫生登門服務的時間是每天二十四小時。」

羅開懷露出「果然另有隱情」的表情，想了想又驚訝地說：「二十四小時？那不成了常駐他們家？」

秦風無奈地嘆道：「委託人也是求成心切，畢竟病人身上還繫著整個 TR 集團，他必須盡快康復。」

「那也用不著住在他們家吧?大不了每天去。」

「但那樣容易被記者拍到，現在他們只對外說董事長是車禍後在養傷，如果被拍到有心理醫生每天登門，你說外界會怎麼想?說到底還是為了保密。」

羅開懷點點頭，道理雖然都說得通，她就是覺得有點不對。

秦風打量著她，用心良苦地說：「開懷啊，我是你的老師，這些年我是看著你怎樣辛辛苦苦熬過來的，你又是那樣要強的性格，平時想幫你也沒有機會，所以這次遇上這個病例，我第一個就想到了你。機會難得，你自己也要懂得把握啊。」

羅開懷猶豫著，還是心下狐疑。她是急需賺錢，可是並不貪心，這麼多年生活艱辛，除了教會她凡事撐一撐總能過去，更教會了她賺錢是多麼不容易。天上掉餡餅的事，多半只是一個美麗的誘餌。

「呃，所長，謝謝您這麼關心我，我自己倒是很願意的，可是萬一我治不好人家，耽誤了人家董事長恢復可怎麼辦?那要影響 TR 集團的正經事的。要不，您還是換個資歷深一點的醫生?」

秦風見她這個態度，倒也不再強求，只是笑呵呵叫她再考慮一下，可以過幾天再給他答覆。羅開懷見秦風鬆口，急忙起身告辭。

那天她走出辦公室，以為自己已經做出了選擇，卻不知短短幾小時之後，她就將面臨第二次選擇。而許多年後回想那天發生的事情，她才發覺自己當時已經站在命運的交叉點上，她倔強地認為每一個決定都是自己做出的，卻不知命運是如此玄妙，即使你堅信已將它掌握在了自己手中，它還是會以它特有的方式告訴你，什麼叫作命運。

6

下班前接診了一個病人，回到家便稍晚了些。羅開懷站在門前掏鑰匙，忽然察覺哪裡不對勁，仔細觀察，驚見門上竟然有許多凹痕，像被重物敲擊所致。一種不祥的感覺陡升，她急忙開鎖推門而入。

一室狼藉迎面而來。

杯盤碗碟碎了一地，桌椅被掀翻，早晨供著的紅色物件散落各處，牆角裡坐著爛醉如泥的爸爸，目光渙散，酒瓶倒在手邊，一身一地的酒痕。

羅開懷倒抽一口涼氣：「爸，這是怎麼了？」

爸爸久未聚焦的眼珠動了一動，瞥見她，也不言語，抬起酒瓶又是一口。羅開懷想去奪酒瓶，被爸爸抬手擋下。

「你別攔我！」

「爸，這是怎麼回事？」

「怎麼回事呀？」爸爸醉醺醺的，開口便是一股濃濃酒氣撲面而來，「你還有臉問我？還不是你幹的好事！」

「我？我怎麼了？」

爸爸一聽，怒氣就裹著酒氣衝了上來：「我早上擺來祈福的蘋果，不讓你動，你偏要動，現在好了，股票大跌，你爸爸我血本無歸啊！現在債主都逼上門來了，你滿意啦？」

羅開懷心中一驚，不由得站起身向後倒退一步。自從爸爸迷上炒股，喝酒摔東西都早已是日常，她自然不會為這些驚慌，只是剛剛的「債主」兩個字勾起讓人驚恐的聯想。她猛然記起爸爸前些天說得到一檔股票，穩漲的。

「爸，你說債主，是什麼意思？」

爸爸一聽這兩個字，氣焰一下又低下去，抬起酒瓶又灌一口，用哭腔說：「我借了二十萬哪，本想藉著這次翻本再賺筆大的，沒想到還是跌的呀，人家說了，三天之內再還不出，就沒這麼客氣了。」

「二十萬？！」一股涼氣陡然竄至頭頂，「爸，你借錢的時候就沒想萬一跌了怎麼辦？我一個人的薪水養活全家已經很難了，現在我們拿什麼去還？」

「你教訓我？如果不是為了你和你弟弟，我會去借錢？我會變成這樣？」爸爸說著用力拍打自己的瘸腿，「現在好了，你長大了，會賺錢了，就嫌我拖累你！你放心，這錢不用你操心，我自己想辦法，實在還不起，我還有賤命一條！」

爸爸越說越瘋，連瓶帶酒摔在地上，碎玻璃混著酒液飛濺，羅開懷嚇得趕緊後退幾步。她是心理醫生，能對付最最瘋狂的病人，卻始終對自己的爸爸束手無策。

只因她查得出病因，卻開不出藥方。爸爸是因為她和弟弟才變成這樣的。那時媽媽剛去世，爸爸一個人照顧她和弟弟，四十幾歲的男人，每天要打兩份工，有一次是實在太累了，不小心被車撞，命雖然救了過來，可是腿瘸了，一家人守著那點賠償金過日子，變得更艱難。爸爸是不甘心才會學人家炒股，喝酒、罵人、摔東西，都是後來才慢慢開始的。

羅開懷看著滿室狼藉的家，只覺心裡憋得喘不過氣來。這世上最大的苦，莫過於你已經拚盡全力，卻還是看不到希望；最大的委屈，莫過於你滿心委屈，卻無人可以責怪。

門鎖「啪嗒」一聲，弟弟推門回來，沒注意到她的異樣，只是被家裡的景象嚇了一跳：「姐，這是怎麼了？」

羅開懷一個字也不想說，只想快點走出這個家門。

弟弟一把拉住她，小聲說：「給點錢唄？」

「早上不是剛給過你？」

「那不是面試都花了嘛。」

再不想多說一句，羅開懷掙開衣袖，轉身快步跑下樓去。

7

「什麼？都砸到你們家裡去了？！」小小的酒吧裡，閨密桃子一掌拍在桌上，震得桌子杯子齊晃。

鄰桌一對男女看過來，羅開懷急忙扶住杯子：「噓，小點聲。」

桃子斂了斂聲：「你怎麼不早告訴我？在我的地盤上，有人敢砸你家？」

「陶警官，拜託別一副黑社會老大的語氣好嗎？」羅開懷苦著臉說，「我也是剛剛才知道，再說這事確實是我爸欠錢在先，人家是合法的貸款公司，利率也在法律規定範圍內。」

「那他們砸你家也是合法的？」

羅開懷嘆了嘆：「其實想想，要是這事能讓我爸徹底清醒，被砸這一次也算值了。」

桃子沉默一會兒，也是一聲長嘆：「你知道嗎？我抓了這麼久的壞人，其實有時候我就覺得吧，比起壞人，那些庸庸碌碌的人更可恨。人家壞人作奸犯科，起碼也算一種努力，可那些人呢？像攤爛泥一樣，理直氣壯地躺在地上，誰扶他他蹭誰一身髒，還成天怨這個罵那個，好像全世界都欠了他似的。」

桃子氣憤地說著，想了想，又不好意思地說：「那個，我不是針對你爸啊，我就是說有些人。」

羅開懷苦笑：「你說得也沒錯。」

桃子尷尬地默然一會兒，想想又問：「那欠的錢怎麼辦？總歸要還的，我那兒還有些積蓄，要不你先拿去用。」

羅開懷攪動飲料的手一停，過一會兒抬頭，笑著說：「你一個小員警，不吃不喝能存多少錢？其實我已經有辦法了，可以短時間內賺一大筆錢，起碼夠應急。」

「哎，違法的事可不能幹。」

「放心吧，不偷不搶，不拐不賣，絕對是正經生意。」

「那到底是什麼生意？你倒是說清楚。」

「就是接診一個超有錢的病人，」羅開懷故作輕鬆地說，「不過我們這行的規矩你知道，我不能亂講的。」

桃子還是狐疑，羅開懷不想再糾纏這個話題，敷衍著笑說：「我保證，一旦發現作奸犯科，馬上到你們派出所報案，這樣可以了嗎，陶警官？」

「就怕到時候，你想出來報案都沒機會。」

「你認識我多久了？真是那麼危險的工作，我會接？」

「就因為認識你太久，我才知道你為了養你那個不爭氣的爸，什麼事都敢做。」

羅開懷不作聲了，桃子也意識到自己的話過分，斂了斂氣息說：「總之一定要提高警惕。」

羅開懷點點頭，想了想，轉開話題問：「對了，別光說我，你進刑警隊的事怎麼樣了？」

這個話題轉得好，桃子一聽，整個人都舒展開，美滋滋地喝了一大口果汁，笑眼看著她：「成了。」

「成了？」

「本人陶樂樂警官，從上周起已經正式調進城南分局刑警隊。」

羅開懷愣了半秒，這才真正反應過來：「真的？」

當刑警是桃子高中起就念念不忘的夢想，誰知警校畢業就被分去了派出所，調職申請提了半年也沒動靜，她今天只是隨口這麼一問，沒想到竟然真的批下來了。閨密夢想成真，羅開懷當然也高興得很，一時間連自己的煩惱也淡了。

「快說說，刑警隊帥哥多不多？」

「多，可多了，回頭我拿幾張照片來讓你挑。」

羅開懷笑嘻嘻地擺手：「我挑什麼呀，我是說你，有沒有讓你芳心萌動的？」

桃子一聽，卻撇了撇嘴：「長得帥有什麼用，沒有一個打得贏我。」

「你找男朋友，又不是找保鏢。」

「找男朋友當然比保鏢要求更高，起碼功夫一定要比我好。」

「那你還是去找少林寺方丈吧。」

「哈哈哈哈。」

兩人東一句西一句，不知不覺就聊到很晚。回家時天已黑了，昏黃的路燈在小巷裡投下長長短短的影子，好像怪獸掩藏的森林。羅開懷獨自走在小巷裡，心裡卻沒有了來時的沮喪。

生活不就是解決一個個問題的過程嗎？哪怕前路佈滿荊棘，我也做好了披荊斬棘的準備。來吧，有什麼難題都來吧，我羅開懷才不怕呢！

8

當秦風公佈朱宣文心理醫生人選的時候，診所裡有一陣小詫異。畢竟昨天Linda的聲勢太大，大家都以為朱家貴少一定是她的囊中之物了，誰想到半路殺出個羅開懷？

不過這詫異很快就消失在大家各懷心思的微妙中，有幾人還朝羅開懷投來讚賞的眼神：幹得好！

當然，只有一個人強烈不滿。

「羅開懷！你故意的！」Linda的吼聲隔著茶水間都聽得一清二楚，「你想去昨天為什麼不說？

當面與世無爭，背地裡使手段，你故意讓我出醜是不是？」

羅開懷下意識地向後退了退。從昨晚就在想今天要怎樣面對Linda，可是到現在都還沒想好。

門突然被推開，秦風探頭進來：「Linda，你出來。」

「所長！」

「出來。」

秦風聲音不大，只是沒有像平日一樣樂呵呵，這已經是十分嚴肅的信號。Linda咬了咬唇，終於不情不願地出去，只是走到門口又轉身，投來怨毒的一瞥。那目光讓羅開懷陡然脊背生涼，緊接著又是一陣巨大的悲哀。

如果有選擇，Linda，我哪裡願意和你爭呢？

「所長，你這樣不公……」厚實的木門關上，Linda的聲音也戛然而止。

秦風一手比了個「噓」的手勢，一手抵在門上，將她環在眼前。

「這項工作不是你想像的那麼容易，我不讓你去，是為你好。」

Linda哼了一聲：「為我好？你還不就是相信羅開懷，不相信我？你那麼喜歡她，當初幹什麼把我招進來？」

秦風意味深長地笑著，抵門的手臂彎了彎，身子向前傾：「你是真的不知道，我為什麼把你招進來？」

Linda被他的氣息包裹，氣焰頓時就弱了一弱。她當然明白秦風為什麼招她進來，念書的時候秦風就對她格外照顧，畢了業邀她進診所，意思更是再明確不過，這也正是她敢於對他囂張的原因。其實秦風除了年紀大、人太胖、長得不好看、油滑好色以外，其他方面還是符合她挑男人的要求的，只是符合要求是一回事，條件優越又是另一回事，趁著自己年輕貌美正當時，當然要抓住機會為自己爭取最好的。

她還是斂了斂氣息，不滿地說：「可是你把這工作給了羅開懷，不給我，你知道同事們都怎麼看我嗎？」

「你管他們怎麼看你？再說，有我在，誰敢看輕你？」秦風笑著又靠近些，氣息拂在她臉上，「Linda，你相信我，這個朱宣文的病很麻煩，你治不好，羅開懷也治不好，誰都治不好。」

Linda一詫：「有那麼嚴重？」

秦風不肯再說，只把嘴唇貼近她臉頰，耳語似的說：「他再難得，也只不過是個神經病，天知道這輩子還能不能康復？與其把眼光放在虛無縹緲的一處，不如踏踏實實，抓牢眼前現有的。」

Linda一下子紅了臉，脫口說：「你在說什麼呢？什麼虛無縹緲又踏踏實實的？我只是氣你信任羅開懷，想向你證明我的工作能力而已。」

秦風把她的窘迫盡收眼底，笑著伸出一隻胖手捏在她肩上。「你沒必要嫉妒羅開懷，你和她不同，她是那種必須靠自己努力才能生活下去的女孩，而你，」他笑得更深些，眼神蕩悠悠的，「你可以不用那麼努力，就生活得很好。」

Linda抬起眼睛看他，良久，花瓣似的雙唇終於向上抿了抿。

第二章　「入宮」

「還不參見陛下？」

很智慧的寬額頭，英挺的鼻樑，輪廓分明又不失柔和的臉，最重要的還是那雙眼睛，明亮、驕傲，又讓人不由自主地心生敬意，好像他無論怎樣驕傲都是理所應當的。

皇帝？

羅開懷盯著桌上的照片，心中忽然閃過奇怪的念頭，似乎這種病是只有他才有資格生的。

敲門聲響，秦風推門進來，笑瞇瞇地問：「開懷，方案準備好了嗎？」

「哦，好了！」

羅開懷急忙站起來，藉著整理資料，將幾張紙蓋在了有照片的那一張上面。好像做錯了什麼似的，她定了定神才開始介紹治療方案。

「是這樣的，從資料上看，朱宣文的妄想症程度很重，對所有說他有病的人都極度排斥，所以現階段，我想應該接納他的情緒，也就是接受他是『皇帝』的事實。」

「沒錯，走進病人內心是治療的第一步，繼續。」

「然後就是慢慢找出病因，透過心理學介入打開病人的心結。資料上說病人不僅自認為是皇帝，還清楚地認定是明代建文帝，我查了一下，這個皇帝在位時間只有四年，處在朱元璋和永樂皇帝之間。我想病人既然自稱是他，或許是之前發生過什麼，使他在內心將自己和建文帝建立了某種聯繫，所以我希望和委託人見個面，了解一下病人之前的生活情況。」

秦風頓了一瞬，笑著點頭說：「這個想法不錯，不過委託人最近不在國內，這樣，我和他聯繫一下，等他回來立刻安排你們見面。」

這樣啊……

秦風態度誠懇，言辭又行雲流水，可羅開懷就是莫名其妙有種碰了個軟釘子的感覺。

「還有什麼方案嗎？」秦風問。

「哦，有！」她想了想，說，「如果傳統方法不能進行，我還設計了一個新方法，就是找機會勸他『退位』，只要他答應『退位』做回普通人，再輔以適當引導，相信情況也會慢慢好起來。」

這純粹是她一時的瞎猜，說完心裡忐忐忑忑的，都不敢抬頭看秦風。不料秦風思索一會兒，竟然十分讚賞，笑著說：「很好，這個想法很有意思，可以一試。」

哈？真的嗎？

羅開懷也不知是驚訝還是驚喜，反正得到肯定，立刻積極了很多，又說：「另外藥物方面，我打算用國內常用的氯氮平，這種藥雖然有副作用，但抗幻覺效果還不錯。」

這回秦風卻搖了搖頭。

「這藥副作用太大，萬一出現不良後果，病人家屬會追究。這樣，你跟我過來。」他說完，帶羅開懷去了他自己的辦公室，從抽屜裡拿出一個寫滿外文的藥盒，「這個是我應委託人要求特地準備的進口藥，副作用稍微小一點，抗幻覺效果也不錯，你用它代替氯氮平。」

羅開懷「哦」了一聲，接過藥盒，看了半天也不記得自己聽說過這種藥，不過既然是進口藥，自己還沒到對外國藥都瞭若指掌的程度，不知道也正常。

秦風又叮囑幾句，她都一一應了，出了辦公室，與同事交接好手頭工作，一切便算準備妥當。

稍後她告別了秦風，告別了同事們，在電梯門開啟之前又轉身看一眼診所。那一刻她心裡想，一星期三萬元，自己即將面對的不知是怎樣一個病人？她意外地發現自己並沒有想像中那樣排斥這份工作，甚至有種隱隱的期待。許多年後她回想那天的情形，覺得大概當秦風第一次向她提起這件事時，她的潛意識便已經答應了，只是頭腦察覺到危險信號，做出了理智的判斷，兩種力量在她體內爭鬥，最後命運占了上風。

後來她曾多次問自己，如果那天她清楚地知道自己即將踏入的是怎樣一個雲譎波詭的世界，她還會選擇去嗎？每次的答案都一樣。她想這世間有一種力量，讓人哪怕知道前面是萬丈深淵，也要拚著粉身碎骨走下去。這種力量就叫作值得。

2

西郊的景色很美，路寬車少，連植被都修剪得比別處更精緻。羅開懷在距別墅區很遠處下了計程車，一手拖著行李箱，一手拿著寫有地址的卡片，一座別墅一座別墅地找，最後停下時，心中感受已不能用驚訝來形容：即便是一路的房子都各有特色，這一座也還是太奇葩了。

青磚高牆，朱漆大門，門上一塊黑漆牌匾，匾上金光閃閃兩個大字：朱府。門前還有兩座石獅子，若不是牆上掛著統一樣式的門牌，她幾乎要懷疑自己是誤闖了影視基地。

她站在門前，有片刻的出神。

門沒有門鈴，只有一對龍形門環，她走上前去，學著電視劇裡的樣子拿起來叩了叩。沒人應，她試探地推了一推，門竟然開了。她小心翼翼地走進去，正想看看裡面是不是更奇葩，卻忽聽「嗖」的一聲，一團黑影騰空躍起朝她襲來，她本能地向後一閃，黑影貼著她的鼻尖飛過去，輕盈地落地，迅即一個轉身，朝她汪汪大叫。

是隻黑色狼犬！

陡然浮起一身虛汗，她強忍著腿軟安撫狗：「乖，寶貝乖。」

狗卻叫得更凶了，她飛快地思忖，接著慢慢打開手提包，撕下許多筆記紙，揉了紮紮實實的紙團，再用塑膠袋包好，拿出來在狗面前晃動：「寶貝看，姐姐給你好吃的。」說著奮力朝遠處拋去。

塑膠袋前一天裝過牛肉餅，應該還留有香氣，有人養的狗被餵慣了，這一招應該會管用。狗果然飛身朝塑膠袋跑去。

她這邊片刻也不敢耽擱，急忙腳底抹油跑向院內。院內也是復古風，九曲迴廊、假山石橋，美倒是很美的，只是她眼下躲狗心切，只覺得這些彎彎曲曲跑起來好費勁啊。狗發現塑膠袋裡並沒有食物，吠叫著追過來，她驚慌地加快腳步，耳邊生風，眼見小路盡頭一座三層小樓，樓前兩扇精雕木門。她想也顧不得想，「砰」地推門而入，又緊緊關上。

狗追到門口吠叫了一會兒，見不能奈她何，終於悻悻離去，她背靠在門上喘著氣，慶幸剛好這門也沒鎖。喘勻了氣，她本能地四下觀察，見果然也是復古裝修，進門右側是間小廳，窗簾拉著，中式傢俱搭配暗淡的光線，氣氛詭異。

忽聞身後窸窸窣窣，她脊背一涼，還來不及轉身，只聽一個尖細的聲音從身後傳來：「姑娘來啦？」

她猛地一震，轉身一瞧，心臟幾乎要飛出喉嚨口。眼前赫然一位古裝男子，白面紅唇，修眉細目，看打扮是……太監？有一瞬間，她是真的忘了自己此行所為何來，只驚恐地望著那古裝男子。

「姑娘可是姓羅？」

「正、正是。」

「請隨我來。」「太監」一眼也不多看她，話落身子一轉，影子一樣飄向幽深的走廊。她屏息細聽，是真的沒有腳步聲。

羅開懷心理素質不錯，此刻卻真真切切感到腿軟：「請、請問……」話一出口又不知道該問什麼。

——這裡是朱家嗎？

廢話，你沒看過地址嗎？

——你是朱宣文嗎？

當然不是，你沒見過照片？

——呃，這房子為什麼這麼怪異？

要你管？

腦中自問自答好幾個回合，最後什麼都沒問。「太監」也完全沒有要聽的意思，只一路腳步不停，七拐八拐，最後帶她拐進走廊盡頭一間小屋。小屋裡光線更暗，氣氛也明顯更詭異。

「換好衣服在這裡等著，我去請皇上過來。」

羅開懷順著「太監」蘭花指所指的方向望去，這才看見身旁的桌上放著一套古代女人的衣服，脊背頓時涼颼颼的。

「這個，我要穿這個？」

「給你半盞茶時間，皇上馬上就到。」「太監」一個字也不多說，話落便消失在門口。

她心裡怕怕的，暗想一個星期三萬元果然不是那麼好賺的。忍著膽怯拿起衣服來看，只見桃粉色的緞子，袖口繡一圈小花，針腳細膩精緻，其實還是蠻漂亮的，比影樓裡的古裝衣服好多了。看著看著，女人的生物學本能漸漸占了上風，她在身上比了比，又饒有興趣地換好，還原地轉了幾個圈。嗯，大小剛好，簡直像量身訂做的一樣，只可惜這屋裡沒鏡子。

半盞茶時間過了，「皇上」還沒駕到，她按捺了一會兒，不由得開始打量起屋子裡的陳設：明式桌椅、博古架[1]、瓷器、玉器……咦？對面牆上掛著一幅畫。

一種奇異的感覺蕩過心底，她慢慢朝那幅畫走去。畫上是位古代女子的全身像，面容似乎很清秀，她又走近些，仔細看女子的面容。

突然，毫無防備地，無邊的寒意裹挾著最深的恐懼，鋪天蓋地朝她捲來。她飛快地以手掩口，可還是驚恐地叫出了聲。

畫中女子竟然和她有著一模一樣的容貌！

她緊緊閉上眼睛，再睜開。還是一模一樣！

我在哪裡？我遇到了什麼？

剎那間只覺身處最駭人的恐怖片中，她一手扶著桌子，一手按住心臟，大口大口地喘著氣。突

---

1 博古架：用來放置各種古玩的木架。

然，一隻手從身後搭在她的肩上，耳邊傳來一個低頻男聲：「愛妃。」

「啊！！！」

羅開懷炸了毛的貓似的尖叫著跳出老遠，轉身驚恐地看著那個男子。一室幽暗，薄簾遮擋的小窗透進一點淡光，男子就站在那淡光裡，一襲黃袍加身，胸口處繡著一條醒目的金龍，龍鱗龍爪栩栩如生，在暗弱的光線裡猶自發出熠熠光芒。羅開懷被這氣勢嚇得渾身一震，滿心恐懼剎那淡下幾分，只覺內心波雲翻捲，一種難以言喻的感覺盈滿胸間。她藉著暗光打量男子容顏，見他額頭寬闊，鼻樑高挺，一雙薄唇輕抿著，臉在暗光下越顯輪廓分明。

一定就是朱宣文了。

她凝視著他，只覺此刻面對面站著，真人與照片又有幾分不同，這不同不在於他此刻穿了龍袍，也不在於真人看起來更立體，而在於……眼神。對，眼神不同，他為什麼那樣盯著我？好像比我還震驚？哦！她心有餘悸地瞄一眼那古畫。難道他也被我和那幅畫嚇到了？

「太監」一聲尖嗓，打斷了她的愣怔：「還不參見陛下？」

羅開懷這才回過神來，真是丟人，心理醫生居然在病人面前失神。情急中她飛快腦補古裝劇裡的鏡頭：「臣妾見過皇上。」

說完才反應過來，自己行的好像是清朝的禮呢，還有，為什麼要說「臣妾」？

「皇上」倒是沒計較她的禮儀，震驚的眼神也收了收，只是眼底深處仍有一絲難以察覺的異樣。

「你是誰？」他沉沉地問。

「呃，我……」

原本她是想過的，要被朱宣文接納，自然不能說是心理醫生，她想可以自稱御醫、宮女什麼的，或者見機行事，可是今天自從進了朱家，一路驚嚇不斷，此刻又被他的目光逼視，事先的準備竟然忘了個一乾二淨。

「我……我是……」她腦中飛轉，一下子只想起剛剛那句嚇得她魂飛魄散的「愛妃」，脫口而出道，「我是您的愛妃呀，我姓羅，羅妃。」

不過是胡亂敷衍的一句，誰知話音剛落，他剛剛平靜的眼裡竟然再次波濤洶湧，目光幾乎要將她穿透。她暗自驚訝於他的反應，猜想是話裡哪個資訊刺激到了他。正欲捕捉些什麼，卻見他胸腔起伏，眼中震動又如潮水般退了下去，重新顯現的，是那種淡淡的、冷冷的眼神，帶一點與生俱來的驕傲。

「既是妃子，朕為何從未見過你？」

見過我才怪。

羅開懷一邊腹誹，一邊應付說：「臣妾愚笨，久未得皇上寵幸，想必皇上是忘了吧。」

他聞言，拿目光認真地打量她，竟然真的像在記憶中搜尋一般。她不由得又是一陣懊悔：幹什麼要說「寵幸」？萬一他被那兩個字刺激到，今天真要寵幸你怎麼辦？

好在他也似乎並未受那兩個字刺激，良久終於收起目光，轉過身去背對著她，平靜的背影再看不出情緒起伏。

「戴公公，帶羅妃下去。」

「是。」

「太監」恭恭敬敬地對背影行了禮，又給羅開懷一個「還不快走」的眼神，轉身幽幽飄出門去。

3

「以後呢，這裡就是你的房間。」

「戴公公」帶她來到二樓的一間臥室，翹著蘭花指悠悠地說。

羅開懷舉目環視，只見精雕臥榻，繡花錦被，梳妝檯上赫然還有一面銅鏡！一下又想起電視劇裡的鬼屋，嚇得她急忙收回目光。回眸剛好瞥見「戴公公」嘴角上揚，她一愣，又見「戴公公」收回嘴角正了色。

「我叫 Dave（戴夫），以前是少爺的司機兼助手，現在是生活助理，以後當著少爺的面，你得叫我戴公公。」

「嗯。」

「知道你是心理醫生，不過在這裡也得萬事小心。少爺的情形你也見到了，病得不輕，真若發起瘋來，把你弄個輕傷重傷的，誰也救不了你。」

Dave 說話時神情倨傲，眼神裡還有明顯的敵意，羅開懷清楚地感到他並不歡迎自己的到來，也不希望她為朱宣文治病。剎那間心念電閃，隱約猜到一些事情：TR 集團上市前是幾十年的家族企業，利益關係錯綜複雜，朱宣文的董事長一職又是因爺爺力捧而得，定然會有人看著眼紅，如今他得了這種病，雖說對公司有些影響，可是也一定正有人眼巴巴地企盼他就此回不了公司。

那麼這個 Dave……

羅開懷收起神思，不露聲色地笑著說：「多謝提醒，我會小心的。」

Dave 見她不怕，似乎有些受挫，又一掀衣袖，伸出手臂給她看：「你看！」

她瞥眼一瞧，頓時嚇得倒抽一口氣。那手臂上深深淺淺密布許多道鞭痕，有的已經痊癒，有的尚在結痂，還有大片瘀青深紫，她下意識地閉了閉眼，待要細瞧，Dave 又把衣袖放下了。

「這都是少爺發瘋的時候打的，我身上還有，比這還重！」

「他發起瘋來真這麼嚴重？」

「你以為呢？」

「那你為什麼不走？你又不是真的賣給朱家當太監。」

「你以為我不想走？」Dave像被觸到了痛處，淒然一嘆。「可是人生在世，許多事哪裡是想怎樣就怎樣的呢？我不走，自然是有不能走的理由。」說著頓了頓，「不過羅醫生，你不同，雖然咱們初次相識，但我還是好心勸你一句，能離開這裡，還是快點離開。」

說來說去，還是要我走。

羅開懷心中暗忖，剛生的一點同情心也打了個五折，不過一想到那怵目驚心的鞭痕，又不由得也信了幾分。思來想去，索性嘆口氣，實話實說：「實不相瞞，這朱家本也不是我自己想來，如今我其實和你一樣，也是想走不能走。」

Dave一滯，眼中卻全然沒有「同是天涯淪落人」的戚戚，反倒哼了一哼：「和你說這麼多，我也算仁至義盡，你以後好自為之。」轉身便要離去。

羅開懷眼中浮起了然神色，想了想，又叫住他：「對了戴公公，呃，Dave，能否再請教個問題？」

「說。」

「剛剛那幅古畫上的女子，為什麼和我長得一模一樣？」

「那是幾百年前的古畫了，你問我？」Dave微微翻了個白眼，「人有相似，不過是巧合罷了，依我看也沒有多像。」說完一轉身，倨傲地飄走。

猜也知道從他那裡問不出什麼。

羅開懷若有所思地看著Dave背影消失，走幾步過去關上了門。房間裡就剩下了她一人，剛剛退下的恐懼又悄悄漫上來，她踏著青磚地，鬼使神差地走到梳妝檯前，向鏡子瞥了一眼，嚇得一下閉緊眼睛。

鏡中銅光幽幽，女子熟悉的面容注視著她，彷彿那是被遺忘在時光另一頭的另一個自己。

一下又想起自己那個夢境，在夢裡，自己是不是就像這個樣子？Dave說那幅畫是幾百年前的東西，相距幾百年的兩個人，長相一模一樣，又在同一時空以一人一畫的方式遇見，世上真有這樣的巧合嗎？不可遏制地又浮起自己那個前世猜想，不過只一會兒，這猜想又被她自己按了下去，和心理學界不接受前世回溯的理由一樣：對無法證實的事情，徒然猜測毫無意義。

不過就算不管那幅畫，她也直覺地感到這個朱家不簡單，Dave一路極不友善的態度就必有原因。還有那個朱宣文，他的眼神也讓她印象十分深刻。雖然不知剛才自己是哪個詞刺激到了他，但他受到刺激後卻能很好地控制情緒，這在精神病患者中十分罕見。當然，她做實習醫生也只有三個月，見過的患者不多，倒也不能妄下結論。

忽然又想到Dave手臂上的傷，朱宣文真的會駭人地發瘋嗎？想想都覺得手臂發疼。胡思亂想好久，腦中時而清楚時而混亂，最後暫時只得出一個結論——一星期三萬元的報酬，果然不是那麼好賺的。

4

整整一個下午，羅開懷都把神經繃得緊緊的，不過相比來時的驚嚇不斷，這一下午倒是相安無事。傍晚時分終於沒那麼緊張了，她把朱家大宅上下轉了一圈，發現房子雖大，卻只有朱宣文和 Dave 兩個人住，哦，對了，還有外面那條大黑狗。

資料上說朱宣文父母去世多年，爺爺即老董事長也於半年前去世了，世上現存的親人只有兩個，一個二叔，一個姑丈，不過顯然都不住在這裡。看來這朱家闊少頂著個董事長的頭銜，實際卻生活得孤苦伶仃呢。

夕陽西垂，餘暉在走廊裡投下長長的影子，別處正是全家圍坐共進晚餐的時刻，這裡卻是半點人聲煙火氣也沒有。

正兀自感慨，忽聽 Dave 長長的聲音打破寂靜：「傳——膳——」

她一愣，不由得又笑了出來，這朱府還真是處處有驚喜。她摸了摸袖中口袋，藥還在，便放心地朝餐廳走去。臨行前秦風特地囑咐過，此藥一日三次，要隨餐服。眼下朱宣文病情這麼重，她能做的事不多，吃藥是其中最重要的一件，千萬馬虎不得。

下樓來到餐廳，正見兩行穿制服的人手提食盒魚貫而入，一一擺好菜肴，又訓練有素地魚貫而出，數一數，足有二十幾道。她在那些人的制服上瞄了瞄，原來是一家有名的私房菜餐廳。

她過去悄悄問Dave：「哎，你們家少爺每次吃飯，都是這樣的排場嗎？」

Dave無聲地哼了一下，看也不看她，高聲宣道：「皇上駕到──」

她一驚，倉促轉身，果然見朱宣文正神情淡漠又自帶威儀地走進餐廳，他換了一身月白色長袍，素素淡淡的顏色也難掩一身光芒，整個餐廳彷彿都隨著他亮了一亮。羅開懷目光落在他身上，暗想他這個病可真是會生。

她欠了欠身：「皇上萬歲。」

他淡淡瞥了她一眼，逕自坐到主位上。她暗想自己是「妃子」，應該是要坐在皇上身邊吧，便小心翼翼地到他身邊坐好。要走進病人的內心，先要討他喜歡，況且一會兒還要餵他吃藥，先哄他開心準沒錯。

她笑著問：「皇上想吃什麼？臣妾盛給您？」

誰知他卻像沒聽見似的，轉頭淡淡地對Dave說：「戴公公，雖然朕平日寬厚待人，可宮裡的禮儀不能亂，有些宮人不懂規矩，你身為大內總管，要適當提點。」

「奴才遵旨。」Dave恭順地應了，朝羅開懷狠狠使了個眼色。

羅開懷驚異又不悅地端坐好，暗想我是壞了你哪門子規矩？只見Dave從衣袖裡摸出一根銀針，躬身走到餐桌邊：「羅妃娘娘有所不知，皇上用膳之前，依例是要一一試毒的。」說著將銀針插入湯碗中，之後拿出來仔細查看，點點頭，用絲帕輕輕擦好，接著又插入下一道清蒸魚的肉身裡。

這哪是病得不輕？簡直就是病入膏肓。

她大眼圓睜看向他，有一瞬心想自己這一星期三萬元恐怕要白賺人家的了。

二十多道菜一一試過，Dave 恭順地說：「啟稟皇上，可以用膳了。」

朱宣文微微點頭，卻不動筷，仍是淡漠地看著她。她想這是等著自己伺候他呢，糾結片刻，終究面無表情地給他盛了碗湯，自己也盛了碗，默默地吃起來。食不言寢不語，這下行了嗎？

卻聽耳邊傳來他淡淡的聲音：「朕讓你吃了嗎？」

她難以置信地看向他，正對上那貨淡漠、驕傲、舉世無雙、唯我獨尊的眼神。

行，你腦子有病，我不和你計較！她啪地放下筷子，正襟危坐。

卻聽他又輕哼一聲，眼中蓄了一點嘲弄的笑意：「朕讓你坐了嗎？」

……

她只覺胸中滾過無數句原始咒語，嘴唇也被自己咬得生疼。他倒很高興看到她生氣似的，眼中笑意又濃一些。

她摸摸袖中藥丸，行，小不忍則亂大謀。她呼地站起身，一聲不吭地退到椅子後面，餘光感受到 Dave 的眼神，猛然瞧過去，正對上他含意豐富的笑容，一下意識到不妙，只可惜為時晚矣。

「陛下，羅妃娘娘才貌雙全，想必歌舞也定是極佳，在這裡候著豈不委屈？不如請娘娘為陛下歌舞助興？」

朱宣文一聽，臉上有了今晚第一次真正的笑容：「妙，戴公公此議甚妙，那就勞煩愛妃舞上一曲如何？」

羅開懷飛快地瞪了 Dave 一眼：你這狗奴才！

Dave 笑盈盈地接著：是呀，我就是狗奴才。

「皇上，臣妾愚笨，不會歌舞。」

「沒關係，助興而已，愛妃不必羞怯。」

「臣妾不敢，怕壞了皇上用膳雅興。」

朱宣文笑一笑，千古仁君的模樣。「愛妃但舞無妨，舞得不好，朕先恕你無罪。」

恕我無罪？呵，我還要謝謝你了？

「羅妃娘娘，皇上命你歌舞，是恩寵，你若執意不舞，可就是違抗聖意，要受罰呢。」Dave 說著，拍了拍自己的手臂。

一下想起那鞭痕，她條件反射地摀住手臂。又一想這一晚忍到現在，此時放棄豈不是太不划算？

罷了，我一個心理醫生不和你這精神病計較。

「那既然皇上非看不可，臣妾就獻醜了。」

絕非謙虛，是實實在在的獻醜。羅開懷此生自認博學多才，沒有什麼事可以難得倒她，唯獨歌舞兩字例外。她原本想故意跳得難看點，噁心噁心他和 Dave，轉瞬一想根本不必，正常發揮就足夠達到這個目的。
事實也差不多如此。歌聲跑調，四肢僵硬，《兩隻老虎》一開嗓，她便清楚地從 Dave 臉上看到強烈的後悔，不過朱宣文倒是信守承諾，堅持以饒有興趣的表情看她跳完，曲末竟然報以掌聲。
「愛妃方才實在太過自謙，這歌舞甚是精彩嘛。」
哈？
「再舞一曲如何？」
一頓晚飯吃下來，羅開懷搜腸刮肚，從《兩隻老虎》一直跳到《天涯歌女》，好不容易挨到朱宣文吃飽喝足，只覺耐心和體力一起降到谷底，隨後眼看他擦完嘴巴就要起駕，她急忙一個箭步衝過去。
「站住！」
朱宣文一滯，餐巾還拿在嘴邊：「……愛妃有何要事？」
她又急忙擠出一絲微笑：「皇上，臣妾差點忘了，御醫特地為您配了益壽延年丹，囑咐臣妾伺候您餐後服用，每餐一粒，可保龍體康健。」
一顆小小的藥丸，靜靜托在她掌心。
他看了那藥丸一會兒，露出不明笑意：「是何神藥，竟然有如此奇效？」
「此藥乃御醫悉心調製，采天地之靈氣，聚日月之精華，經七七四十九道工序、九九八十一天熬製……」她看著他的神情，稍稍頓了頓，心想雖然他有精神病，自己言辭也不要太誇張的好，「總之陛下一試便知。」

他伸出修長手指捏起那顆藥，放在眼前仔細端量，許久，淡漠地說：「勞御醫和愛妃費心了。」

「不費心，皇上給您水！」

他把藥慢慢送到嘴邊，想了一想，卻又放下：「依宮裡的規矩，朕服藥前需有人先試毒，愛妃可願做這試毒的人？」

……

一下想起剛剛 Dave 試毒的場景，千算萬算竟然把這個給忘了。她盯著那顆藥猶豫，一時真是接也不是，不接也不是。這種給精神病人吃的藥都是有副作用的，雖然秦風說這進口藥好些，可都是一類藥，想必也好不到哪去，她是來工作的，犯不著拿自己的健康開玩笑。

「呃，皇上，這藥太過珍貴，臣妾怕是消受不起啊。」

「朕賜你，你便消受得起。」朱宣文笑著徐徐說，看看她的神情，又問，「只是愛妃面露難色，難道是這藥裡另有隱情嗎？」

Dave 馬上陰陽怪氣地跟風：「是呀，羅妃娘娘，你不肯吃，難道是因為這藥裡有毒？」

Dave 這副嘴臉陰惻惻、賤兮兮，羅開懷見了，頓覺一股火氣從腳底直竄上頭頂，自進朱家所累積的驚嚇、壓抑、怒火一下全都算到了他頭上。

她想了想，咬牙切齒地笑著說：「戴公公說的哪裡話？這藥怎麼會有毒呢？只是太醫說了，此乃男子補陽之藥，女子萬萬不能吃的，若是試毒也只能由男子來試。戴公公對皇上一片忠心，不如就由您來替皇上試？」

Dave 一愣，一下接不上話來。

羅開懷暗暗解氣，忽然又想起什麼似的說：「哦，對了，我忘記了，戴公公的身子特殊，也不知算不算男子，能不能試這藥呢？」

話落，Dave 果然氣紅了臉，抬手指著她「你、你、你」了半天，竟然什麼也沒說出來。羅開懷心中暗爽，只覺之前淤堵在胸中的一口氣全都舒了出來。Dave 舉止女性化，想來從小到大必定受了不少困擾，這絕對是他心中碰不得的隱痛，若想解氣，戳這裡準沒錯。

分出精神來看朱宣文，卻猛然發覺他正冷冷注視著自己，無端地就打了個寒顫，心想今天這藥恐怕是餵不成了。

不料他卻端起了水杯，一邊盯著她，一邊把藥放進嘴裡，喝一口水，又咚地重重放下水杯，一雙瞳仁深不可測地逼視著她，看得她竟然沒來由地打了個寒顫。

「戴公公，走。」

Dave 委屈而憤憤地瞪她一眼，緊隨朱宣文離開了餐廳。

兩個背影一前一後消失在門口，羅開懷默默看著那背影消失的方向，忽然覺得空氣像冷了幾攝氏度，腦中又浮現出Dave手臂上的鞭痕。

這朱家大少爺，是真的喜怒無常嗎？

「少爺，您剛剛嚇死我了，我還以為您真吃了呢。」Dave接過藥丸，心有餘悸地說。

朱宣文把玩著一隻茶壺，淡漠的臉上看不出情緒：「拿去查一下，看是什麼成分。」

「是。」Dave剛要走，想了想又停下，「對了少爺，您說她怎麼和那幅畫中的人長得一模一樣？真有這麼巧的事？」

「人有相似，若是有心，茫茫人海總能找到相似的人，」朱宣文慢慢說著，目光從茶壺飄遠，「只是沒想到，他連這一步都做到了，也真是難為他了。」

Dave皺著眉頭苦思冥想好一會兒，終於恍然大悟：「哦！您是說，她是他特別找來的？」

朱宣文無奈，給他一個「不然呢」的眼神。Dave大大鬆了一口氣，笑著說：「少爺聖明，今天這半天可把我嚇壞了，哦，對了，她自己也問我為什麼和那畫中人像來著，我當時硬撐著說不像，其實心裡可緊張壞了。」

朱宣文挑起薄薄冷笑：「不必緊張，兵來將擋即可。」

5

入夜，因為風格復古，整座宅子陰森森的。沒有電視沒有網路，羅開懷鬱悶得早早就上床睡覺，可是人躺下了，生理時鐘卻讓她睡不著，她翻過來翻過去，聽著外面的呼呼風聲，莫名其妙地一陣陣害怕。

早就知道這一星期三萬元不好賺，卻沒想到是這麼不容易。喜怒無常的「皇上」，心機深重的「太監」，還有這陰森森的大宅，這才只是第一天，還不知接下來會有什麼事情等著她。一陣懊惱，她抓緊被子忽地蒙住頭。

突然，隱約意識到哪裡不對，她又猛然掀開被子，屏息細聽，陡覺背脊一陣冰涼——風聲不是來自窗外，而是來自門外！門外是走廊，走廊對面是另一個房間，怎麼會有風聲？

她猛地睜開眼睛，復古風格的傢俱，每一件都價值不菲的樣子，可是此刻籠在夜的森然和深黑裡，怎麼看都像恐怖片裡的場景。幽幽月光透過格子窗漏進來，照在梳妝檯上，銅鏡裡反射出淡淡黃光。手裡的被子都濕了，她想此刻開燈，一定能看到自己發白的指節。

不知什麼時候，風聲停了，她大氣也不敢出地躺在床上，彷彿過了一夜那麼久，天卻仍然黑漆漆的。也不知哪裡來的勇氣，她悄悄掀開被子下了床，走到門口，小心翼翼地開門察看。

門外靜悄悄的，兩側無人，走廊對面的朱漆木門在月光下顯出詭異的紅色，她一陣心悸，剛要關門，忽聽樓梯那端傳來清晰的一聲「咚」。猛地看過去，恰見一個白影消失在樓梯口，她剎那間全身汗濕，大聲問：「誰？」

無人回答，彷彿剛剛只是她的錯覺，她盯緊那邊看了一會兒，也安慰自己一定是看錯了，正要關門，忽聽又一聲響起：「咚！」

白影又回來了！

它一身白袍，長髮低垂，面目在夜色裡模糊不清，只有一步一步走近的腳步聲清晰無比。

「啊——！！！」

尖厲的叫聲劃破靜夜，她瘋了一般躲回屋內，「砰」地關上門，用背抵著大口喘氣。

它是人是鬼？是人是鬼？向來不信鬼神的她此刻飛速思考這個問題。還是希望它是人，可如果是人，他要做什麼？她緊貼在門上屏息傾聽，許久卻再沒有聲音。

終於稍稍平復，彷彿被恐懼耗盡了力氣，她疲憊地低下頭，視線垂落在地上。

「啊——！」

就在前方幾步遠處，青磚地上赫然躺著一隻繡花鞋！

她都不知自己是怎麼跑到床上的，睜眼只見自己蒙在被子裡，身上一層又一層的冷汗。明天就走！天一亮就走！那一刻她腦中所有事情都不存在，只剩一個念頭，就是天亮後一定離開這裡。

整夜未眠，天終於亮起來的時候，她顫巍巍掀開被角，朝那繡花鞋的方向望去。鞋還在！

陡然又一層冷汗，不過藉著晨光壯膽，她深深幾次呼吸，總算鼓起勇氣換好衣服，又下了床。她貼著牆邊，戰戰兢兢地繞過那隻鞋，打開門飛快地向樓下奔去。

撞開一樓大門，早晨的空氣撲面而來，她如獲重生一般，頭也不回地繼續跑向院門。

「羅醫生，你要去哪裡？」身後涼亭處傳來Dave的聲音，羅開懷一驚，差點跌倒。

「啊，呵呵，我出來散步，散步啊。」

Dave走了過來，狐疑地上下打量她：「那你往大門口跑什麼?對了，還要當心小白，牠很凶的。」

「小白？」

「就是那條狗。」

這才想起那條大黑狗，那麼黑的狗取名叫小白，這座宅子果然從人到狗沒有一個正常的。不過大門處有狗，還真是不怎麼好離開呢。

Dave觀察著她問：「羅醫生，你臉色怎麼這麼白？」

「啊?有嗎？」她笑嘻嘻地摸著自己臉頰，「可能是早晨的光線淡吧。」

Dave若有所思地點頭：「那就好，我還以為你是被什麼東西嚇到了呢。」

她一驚，脫口而出：「什麼東西？」

Dave張了張嘴，欲言又止：「也沒什麼，既然你要散步，那就散吧，我不打擾了啊。」說著就要走。

羅開懷急忙拉住他，猶豫一瞬，問：「Dave，你實話告訴我，這房子是不是鬧鬼？」

Dave也是一驚：「你怎麼這樣問？」

「昨天晚上，我在二樓樓梯看到一個穿白衣服的人，那是怎麼回事？」

「穿白衣服的人？」Dave目光避了避，「你不是看錯了吧？」

「絕對沒看錯！除了白影，我房間裡還無故多了隻繡花鞋，它現在還在那裡！你……你老實告訴我，這房子裡是不是……是不是真的鬧鬼？」

Dave現出駭然神情，思忖一會兒，輕嘆著說：「羅醫生，既然你都遇上了，我也就不再瞞你，這座房子確實是鬧鬼的。」

一陣晨風吹過，羅開懷覺得脊背發涼。

「我們家少爺得病前，有個搜集古董的愛好，多年下來，買的古董都裝了好幾個房間。你知道的，這古物呢，買得多了難免遇上有靈性的，你見到的那隻繡花鞋就是一件，『它』之前也曾『去』過別的房間，不過沒關係，一會兒把它再放回古董室就好了，『它』不傷人的。」

Dave嘴上說不可怕，其實臉也慘白慘白的。羅開懷更不必說，古物有靈性這種說法，她以前也是聽過的，只是從不相信，可有了昨晚的遭遇，此刻再聽，卻完全是另一番感受。

「你說它之前也曾『去』過別的房間？那它昨晚為什麼會到我的房間裡來？」

「這個我也不知道，可能是因為近吧，那間古董室就在你房間對面，就是有紅色木門的那一間。」

「什麼？」羅開懷嚇得聲都變了，一下想起月光下詭異的朱紅木門。

「不過其實你也不必怕，只要你裝作看不見、聽不見，那些東西也就傷不到你，像我這樣，住久了就習慣了。」

怎麼可能習慣？！

她臉色越發慘白，不由自主又向那大宅瞥去，只覺森森晨霧籠罩其間，說不出地陰森恐怖。只怕再住幾天，朱宣文的病沒治好，她自己倒要嚇瘋了呢。

Dave 打量她的神色，問：「羅醫生，你剛才其實是想離開這裡吧？」

「啊？」她回過神來，「沒有，沒有啊。」

Dave 笑笑：「你也不必瞞我，我昨天就勸你儘早離開這裡，要是你現在想走，我睜一隻眼閉一隻眼就是。」

羅開懷本想再裝一裝，又一想完全沒必要啊，便笑笑說：「Dave，那麻煩你好人做到底，幫我去引開小白好嗎？」

「引開小白倒是沒問題，可關鍵是你有大門的鑰匙嗎？」

「鑰匙？」

Dave用「就知道你不知道」的語氣說：「這大門一向上鎖，鑰匙在少爺手裡，昨天是知道你要來，我特地從少爺那裡偷鑰匙開的門。」

這樣啊……

羅開懷一時也沒了主意，找朱宣文要鑰匙應該是想都不用想的，請Dave幫忙再偷一次，估計以她和他的交情，他也斷然不會答應。

「羅醫生，從大門出去我勸你還是不要想了，」Dave意味深長地笑說，「不過你要是真想走，我倒是可以幫你。」

6

Dave引她繞到院子後側，撥開一處花叢掩映的矮牆，一扇小門出現在眼前。

「這是我和外人出入用的小門，你從這裡出去左拐沿大路一直走，大約三十分鐘就能遇到一個公車站。」

羅開懷雖對這個娘娘腔沒什麼好感，此刻卻多少有些感激。

「Dave，謝謝你。」

「客氣的話少說，小心一會兒被少爺發現，今兒就走不成了。」

羅開懷連忙噤聲，剛邁出院門，就聽身後「砰」一聲，回頭再看，那小門已經緊緊地關上了。

小門外面是一段公路，不時有汽車和行人經過，早晨的陽光照在綠化帶上，是再普通不過的塵世景象。羅開懷走在人行道上，心想，這塵世是她五分鐘前迫切想要返回的，為什麼此刻終於置身其中，卻又莫名其妙感到悵然？

念書時，精神分析學老師不止一次地提醒他們，要相信身體，而不是頭腦。因為頭腦有時會騙人，而身體卻會遵從潛意識的指引，永遠做出最忠誠的反應。那麼此時的悵然若失，是身體的真實反應嗎？

怎麼會？那樣陰森的大宅，現在想來都毛骨悚然，她怎麼會捨不得走？

一路走一路想，覺得大概是對秦風的愧疚感在起作用。畢竟秦風把她當作得意門生派過來，她卻連二十四小時都做不到就跑出來，還是偷偷跑的，自己臉上無光不說，要秦風怎麼和委託人交代？簡直就是砸診所招牌。

腳步越走越遲滯，可回去又萬萬沒有勇氣。衣服口袋裡忽然響起手機鈴聲，她一驚，只祈禱千萬不要是秦風打來的。摸出一看，頓覺還不如是秦風呢。

是爸爸。

之前驚嚇過度，竟然把爸爸欠債這回事忘了個一乾二淨，此刻見到「爸爸」兩個字突然想起來，只覺無邊壓力排山倒海而來，不由得扶了扶路邊石牆。

「爸。」

「開懷啊，」爸爸的聲音一反常態地慈愛，讓她差點聽不出，「告訴你個好消息，你們秦所長呀，昨天把錢匯進我戶頭啦，我拿去還了一些債，那些討債鬼暫時不會來家裡鬧了。」

心陡然一沉。

「爸，你說秦所長已經給你錢了？」

「是呀！你們秦所長真是個大好人，還怕我不好意思收，說那錢是你賺的，可你老爸我是誰呀？一聽就知道他在編瞎話。」爸爸大笑起來，「你才多大能耐，能一下賺那麼多錢？那是你找他借的吧？」

羅開懷一瞬有點呼吸不暢，彷彿有巨石壓在胸口。

「爸，那錢確實是我賺的。」

「什麼？」爸爸一下警惕起來，「你做了什麼事，一下子賺那麼多？」

「是治療一個特殊的病人，我需要住在他家裡，所以收費也高，我之前和你說因為工作有一陣子不能回家，就是為了這件事。」

「哦，」爸爸琢磨了一下，還是不信，「不對，你個死丫頭可別騙我，秦風一次就給了我三萬呢，治什麼病人能一下賺那麼多？你老實告訴我，你到底做了什麼？哦，不，你什麼也別做，趕緊給我回來！」

爸爸的語氣十分嚴厲，羅開懷緊握著手機，心裡卻感到久違的溫暖。雖然被生活磨礪得如此粗糙，可是她知道，爸爸對她的愛一直都沒有變。爸爸和弟弟是撐起她的堅固基石，為了他們，她無所畏懼。

她的聲音柔軟了些：「爸你放心，我真的只是治療一個病人而已，你不相信我，還不相信秦所長嗎？他是我的老師，如果這工作真有不妥，他也不會派我過來。」

這話有幾分道理，爸爸半信半疑：「真的只是工作啊？」

「真的，再說這個病人是 TR 集團的高層，也付得起這麼多錢，三萬塊對人家而言不多的。」說完又有點後悔，按理她不該提起「TR 集團」這個名字，為了讓爸爸相信，一時心急才說了出來。

不過這名字倒也果然管用，爸爸琢磨一會兒，問道：「TR 集團？是不是那個賣奢侈品的？」

「對呀。」

「哦，那裡面都是有錢人，要說他們付得起三萬塊，我倒是信的。」

「對嘛，所以你放心好了。」

又解釋幾句，爸爸終於放下心來，羅開懷剛想掛斷電話，又被爸爸叫住。

「呵呵，開懷呀，順便還想問你件事哦。」

「你說。」

「那個，最近TR的股票漲得不錯，你在那邊，方不方便打聽一下內部消息呀？問問看預期能漲到多少。」

「爸！你千萬不要再沾股票！」一聽「股票」兩字，她心中一凛，剛生的一點溫馨立刻又蕩然無存。

爸爸笑嘻嘻地說：「哎喲，我知道，知道，我就是隨口問一問。」

「你別問我，我什麼都不知道。」

掛了電話，她也不知自己是生氣多還是失望多。爸爸的自制力她了解，要他再不碰股票是絕對不可能的，如今只希望他以後不要再借這麼一大筆錢，不然下次就算她敢大著膽子住鬼屋，也未必有人恰好得了精神病，又恰好付得起這麼多錢。

晨光漸漸亮了，前面已經可以看到Dave口中那個轉彎的路口，她望著路口佇立許久，終於決然返身，向來路走去。

來吧，我羅開懷膽氣滔天，不信一間鬼屋奈何得了我！

第三章　初次交鋒

「一國之君，身繫萬民福祉，豈可說退位就退位？這樣的話，愛妃以後不要再說了。」

1

也是奇怪，當她決定不再害怕的時候，也就真的不害怕了。緊跟著，腦子也靈光起來。

Dave其實從昨天一見到她，就在想方設法趕她走，偏偏她不買他的帳，晚餐時又羞辱了他。他懷恨在心，完全有可能半夜裝神弄鬼戲弄她，既報了仇，又方便第二天繼續趕她走。

門外的風聲可以人工播放，白影也可以由人假扮，當時她驚恐至極，全部注意力都在那白影上，如果有人趁機溜進她房間放一隻繡花鞋，她也絕不會察覺。

所謂鬧鬼，不過是人為的裝神弄鬼！

想明白這一點，她腳步頓時更加輕快起來。

裝神弄鬼嗎？世間諸鬼不過是人心，我羅開懷最擅長的就是讀心，我倒要看看，這個朱家到底還藏著哪些鬼。

為證明心中猜測，她故意走了大門，推了推，門果然並沒鎖。黑亮的小白臥在牆邊，一見到她，「呼」地跳起來。她深深吸氣，強力控制自己站在原地。這種狗雖然長得凶，但腦子很聰明，只要「認識」的人應該就不會再攻擊。

小白果然沒有攻擊她，但似乎也記著昨天的戲弄之仇，對她齜牙低吼。她拿出藏在身後的紙袋，裡面是她在回來的路上特地拐去一家速食店買的炸雞。

「小白乖，這回姐姐不騙你，這可是貨真價實的雞腿哦。」

她說著把雞腿扔在地上，小白立刻原諒了她，搖著尾巴開心地吃起來。她摸了摸小白的頭，心情愉悅地向院內走去。好的開始預示著順利，我羅開懷今次有備而來，才沒有那麼好戲弄。

轉過石橋恰好遇見Dave在掃院子，Dave抬頭猛地一驚，掃帚差點掉落。

「羅醫生，你怎麼又回來了？」

羅開懷笑笑：「因為我又不想走了呀。」

「可這房子鬧鬼的，你也不怕了嗎？」

「當然怕，可是我又一想，這世間所有的鬼，無非都是人編出來嚇人的，所以我就想回來看看，到底是什麼人在裝神弄鬼。」

Dave沒料到她會這麼直接，愣了一愣，伸著脖子問：「你這麼說，難道是在暗示昨晚的鬼是我裝的？」

「難道不是嗎？哦，你當然不會承認，不過你敢不敢發個誓，如果你說了假話，就一輩子都改不掉娘娘腔？」

又被戳到痛處，Dave氣得臉都憋紅了，「你、你、你」了半天，卻偏偏沒辦法發這個誓。

羅開懷一邊覺得自己真是太壞了，一邊哼著小曲朝院子裡走去。

卻在轉彎處猛地停了下來。風吹桂花樹，紅黃月季在樹下招搖，他站在花叢邊，一身龍袍被風微微吹動。真是養眼！不由得暗想老天真是不公，給了他此等天人之姿，卻又偏偏奪走他常人的心智。一下又想到他喜怒無常，下一瞬又是一身冷汗。

「皇、皇上。」她小心翼翼地叫道。

他卻不言語，只默默看著她，眼神叫她有些捉摸不透，好像有吃驚，又不全是，似乎還有喜悅……驚喜？真的嗎？怎麼會？

學心理學的第一天，老師就告訴他們如果想學好這門學科，一定要學會觀察人的眼睛。這些年她謹遵師教，一有機會就盯著人的眼睛看，自問這項技能還是可以的，可是此刻對著他的眼神，她卻突然感到很沒信心。

「愛妃今日為何如此奇裝異服呢？」他終於開口，淡淡地問。

她愣了一愣，旋即放下心來——他並不知道她是逃走了又回來的。

「呃，臣妾想嘗試一下胡人的衣裳，皇上覺得好看嗎？」她一邊說笑著，一邊原地轉了個圈。

他一語未發，仍目光不變地看著她，這讓她忽然就感覺自己好傻，不由得懊惱地扯了扯衣角。

「啟稟皇上，啟稟皇上！」Dave 一溜小跑趕過來，「羅妃方才不顧皇命，擅闖宮門，被奴才當場抓獲！」

羅開懷狠狠地瞪他一眼，卻見他目不斜視，口中振振有詞：「奴才以為，羅妃此舉屬違抗宮規，依例該削去名分，逐出宮去。」

呵，你怎麼不說把我拖出去斬了？

朱宣文倒並未接他的話，只淡淡地問：「愛妃，戴公公所言可屬實？」

「啟稟皇上，戴公公所言沒有半句實話，臣妾冤枉。」

Dave憤憤地瞪她。朱宣文仍未生氣，薄薄雙唇落在她的餘光裡，似是帶了一點笑意：「哦？冤在何處啊？」

「臣妾並不是想逃出宮去，只是想到宮門口逗弄小白。」

「大膽羅妃！」Dave說，「小白是番邦進獻給皇上的禦犬，豈可任你擅自戲弄？」

她瞥了一眼Dave那囂張的樣子，思忖片刻，頓時計上心頭。

「皇上明察，臣妾並不是去逗弄小白，而是見小白聰明機靈，想訓練牠做個遊戲，待練好了表演給皇上看。」

「哦？那現在練好了嗎？」

「練好了，只不過若想表演，還需要戴公公出一分力。」

Dave立刻警覺地看向她。她莞爾，轉身走了幾步，從月季花叢中連枝帶葉摘下幾朵花，三兩下做成一個花環。

「這遊戲的玩法很簡單，便是臣妾將這個花環遠遠地扔出去，戴公公和小白同時跑去撿，撿著的獎勵一片火腿，撿不著的算輸，要汪汪叫兩聲。」

Dave氣極：「這哪裡是遊戲？分明是在戲弄奴才。皇上，奴才一個堂堂大內總管，怎能和一條狗比賽？」

羅開懷馬上笑說：「戴公公，禦犬也好，大內總管也好，都是為皇上效力，能有機會博皇上一笑，難道不是你的榮幸嗎？」

Dave說不過她，求助似的看向朱宣文，羅開懷也期待地看向他。這人喜怒無常，腦子又與常人不同，這個遊戲蠻有意思，想來她起碼有一半的勝算。

果然，朱宣文似乎玩心上來了，哈哈一笑說：「戴公公，朕看你平日跑起步來身姿矯健，想來與小白比賽也未必會輸，不如就趁今日比試一次？」

Dave難以置信地張大嘴，羅開懷朝他做一個「叫你惹我」的表情。

2

圓桌就設在小樓前一片開闊的青磚地上，桌上擺了茶壺茶盤、果品點心，當然，還有一大盤切好的火腿。羅開懷和朱宣文並肩坐在圓桌前，清風送爽，花香宜人，小白興奮地吐著舌頭，Dave苦著臉半蹲在地上。

隨著一聲清麗的「開始」，羅開懷將花環扔出去，小白一個虎跳飛身躍出，三兩步就搶到了花環，旋即一個漂亮的轉身，獻寶似的快步跑回來。可憐Dave才剛跑幾步，小白已經前腳搭住桌邊，把花環放在桌上了。

「小白好棒！」羅開懷笑著拿出一片火腿丟給牠，小白精準地一躍接住，歡天喜地地搖尾巴。

「戴公公，你輸了喲，」羅開懷笑說，「要學狗叫，之前可是說過的。」

Dave求助地看向朱宣文，朱宣文笑著給他一個愛莫能助的眼神，他只好苦著一張臉，對小白「汪汪」地叫了兩聲，引來小白一陣「汪汪汪汪汪」的回應。

朱宣文哈哈大笑，羅開懷順勢開始了第二局。這一局她故意把花扔向Dave那邊以示照顧，結果當然還是被小白搶先了。

「小白，幹得漂亮！」朱宣文親自拿起一片火腿扔給牠。

羅開懷笑盈盈地給朱宣文斟茶：「皇上，臣妾這個遊戲，您可還滿意？」

「很滿意，愛妃有心了。」朱宣文說著接過茶杯，笑吟吟地輕抿一口。

她又拿起一塊點心遞上去：「皇上，這點心甜而不膩，做茶點最合適了，是臣妾特地吩咐御膳房為您準備的呢。」

他欲伸手來接，她卻繞過他的手指，直接餵到他嘴裡去。晨光不強不弱地照在他臉上，映出一副心滿意足的表情。餘光瞥見Dave哀怨的小眼神，羅開懷忽然覺得自己若生在古代，絕對是魅惑昏君、陷害忠良的不二人選。

又玩了幾局，小白越來越興奮，Dave卻已滿頭大汗。第九局結束，羅開懷漸漸氣也消了，想著再賞小白一片火腿，就向朱宣文請求結束遊戲，誰知小白這一回興奮過了頭，叼著花環幾步躍回，不等她扔出火腿，直接一個縱躍跳上圓桌，親暱地朝她撲了過去。

小白畢竟是一條大型犬，不曉得自己的體重加上速度撲過去會有什麼結果，羅開懷一驚，下意識地站起身向後躲，卻忘了身後是個實木凳子，退一步正好被凳子絆住腿，尖叫一聲，整個人仰面倒下去。

也就是一剎那的事，朱宣文立即從身後飛身躍出。俐落的身手，漂亮的躍步，若是扶住了，絕對能擺出個絕佳的造型。

可惜沒扶住。小白撲得太猛，他那一扶唯一的作用，就是把他自己也摔了進去。有朱宣文做肉墊，羅開懷雖然嚇了一大跳，疼倒是不怎麼疼的。她急忙站起來：「你……皇上，您不要緊吧？」

他一下沒坐起來，表情滯了滯，旋即一手撐著頭，對她帥氣地一笑：「不打緊。」

Dave慌裡慌張地跑過來，沒好氣地說：「要不要緊的不會看嗎？還站在那兒幹什麼？還不快過來幫忙？」

她急忙應著，就要伸手來扶，誰知朱宣文輕輕地揮一揮手，一臉淡然又從容地說：「朕沒事，愛妃不必大驚小怪。」

說罷就要起來，一用力，又沒起來，笑了笑，再一用力，還是沒起來。

「戴公公，」他從牙縫裡說，「扶朕一把。」

羅開懷看看那堅硬的地面，不由得真的擔心起來：「皇上，您真沒事嗎？」

他拉著Dave的手總算站了起來，仍舊是一臉淡然：「朕真的沒事，只是這日光漸強，愛妃身體嬌弱不勝日曬，戶外遊戲今日就到此吧。」說罷轉身欲走，只是才走兩步又停下，伸手喚道：「戴公公。」

Dave眼明手快地奔過去，扶著他慢慢朝宅子裡走去。

羅開懷目送他們進門，不由得擔憂地低頭看了看小白：「小白，你說他真的沒事嗎？」

小白早已沉浸在撒落一地的火腿中了，不時發出幸福的哼哼聲。她蹲下身，撫摸牠威風凜凜的黑毛，片刻，視線又飄向他背影消失的大門。

「小白，這名字也是他給你取的嗎？」

「哼哼，哼哼。」

3

Dave把朱宣文安放到臥室裡的軟椅上：「少爺，您還是去醫院看看吧，千萬別傷了筋骨。」

「不必，已經好多了。」朱宣文伸展了一下脊背，又咧了下嘴。

Dave看著他疼的樣子，擔憂又憤憤地說：「哪裡疼您就直說，我又不是羅醫生，您用不著裝給我看。」

朱宣文知道他心中不平，笑了笑，安慰說：「剛才委屈你了。」

「我受點委屈倒沒什麼，我就是擔心您中了她的美人計！」

「你放心，我自有分寸。」

「有分寸嗎？我怎麼覺得您一見到她，魂都丟了半個？就說剛才您救她的樣子，如果摔倒的是我，您會那麼緊張嗎？還有啊，明明是要趕她走，您怎麼又不趕了呢？剛才只要您順著我的話說，就可以輕鬆趕走她的，您卻偏不。我看，您就是中了她的美人計！」

Dave越說越憤憤不平，話落，胸脯都跟著起伏起來。他很少這麼發牢騷，朱宣文想解釋一下，張了張嘴，卻若有所思地停住了。良久，他從椅子上站起身，走到窗邊低頭向樓下望去。青磚地上，她正在打掃散落一地的水果和茶點，紅色衣裙在桂花樹下十分顯眼。

「你有沒有問她，既然逃走了，又為什麼回來？」

Dave翻了個白眼：「問啦，她說想明白了是我在裝神弄鬼。」

「她說得沒錯啊。」

「少爺！」

朱宣文收起玩笑，認真說：「既然她是那邊派來的，趕走了她，一樣會有別人過來，所以倒不如留下她，看看她還有什麼把戲。」

這話倒是有幾分道理，Dave撇了撇嘴，不反駁也不認同。

朱宣文放任他的不滿，默默看向窗外。她已經打掃好了院子，正俯身撫摸小白，像是感覺到了他的目光，她忽然抬頭向樓上望去，他一驚，急忙離開窗邊。

Dave口袋裡突然傳來振動聲，朱宣文面色一凜看過去，Dave拿出手機，也是表情凝重。從頭到尾幾乎都是對方在說，Dave「嗯、嗯」地應答幾句，便掛了電話。

「醫大實驗室的檢測結果出來了，」Dave轉述道，「她給您服用的，是一種國外治療精神病的新型藥物，藥效是普通鎮靜劑的好幾倍，只能在患者發瘋的時候用，而且副作用極大，不能連續使用兩次以上。如果連續使用一週，會造成患者深度昏迷，甚至腦死。」

朱宣文點了點頭，走到桌邊倒了杯涼茶，一口氣喝下去。

「這種藥在國外也還沒開始推廣，」Dave繼續說，「因為許多人對它的安全性存疑，她給您用這種藥，絕對不是無心之失。」

朱宣文又點點頭，在桌邊坐下：「知道了。」

「知道了？」Dave 誇張地說，「他們這樣處心積慮地害您，您就這三個字，知——道——了？」

「早就在意料之中的不是嗎？」朱宣文轉動著茶杯，「現在敵明我暗，於我們有利，與其坐在這裡憤慨，不如花些心思，研究一下他們接下來還有什麼招數。」

Dave 想了一會兒，也將視線瞥向窗子：「難道他們除了藥，還會有別的招數？」

4

六月的上午陽光漸盛，陪小白玩了一會兒，羅開懷不情願地回到室內。外面已熱得灼人，一進小樓還是突然涼颼颼的，她打了個寒顫，明知鬧鬼是假的，還是沒來由地一陣害怕。

走到二樓房間門口，她強忍著不去看對面的紅門，可越是不看，那詭異的紅色就越是無孔不入。她開門一閃身進了房間，心怦怦直跳。

Dave 說那是古董陳列室，古董有靈性這種說法流傳甚廣，雖說 Dave 今天早上是在故意嚇她，也難保不會真有其事……這想法一經啟動，就像自帶魔力似的在她腦中膨脹開來，詭異的紅色充斥腦海，再看看自己的房間，明知鬧鬼是假的，也越發覺得駭人，那只繡花鞋仍躺在地上，她一下又打了個寒顫。

糾結許久，她突然反身開門，面對面地直視那扇木門。恐懼源於未知，如果想徹底擺脫這種恐懼，她知道自己必須像曾經一遍遍告訴患者們的那樣，走過去，打開這扇門。

她慢慢走過去，門鎖是老式的，她不會撬，唯一的辦法是找到鑰匙，而鑰匙……這小樓有這麼多房間，鑰匙應該都收在一處……會不會在Dave那裡？

走廊裡靜悄悄的，她側耳聽了一會兒，悄悄向一樓轉角處那個房間走去。

Dave不在，她剛剛看到他的房門開著，此刻果然沒鎖，她悄悄潛進去，輕手輕腳把桌子櫃子翻了個遍，卻連把鑰匙的影子也沒找到，正思忖是不是猜錯了，忽聽外面響起腳步聲。她一驚，急忙關好抽屜返身出門，卻聽見腳步正是朝房間裡來的，她情急四顧，想躲卻已來不及。

Dave推門進來：「羅醫生？你在這裡做什麼？」

「啊，我……我在找你啊。」她嬉笑著說，「是這樣的，我剛剛出門的時候，把鑰匙忘在了房間裡，不知你這裡有沒有備用的？」

Dave哼了一聲，把她從上看到下，又從下看到上，轉身打開一個她剛剛翻過的抽屜，從裡面的暗格裡取出一串鑰匙，摘下一枚。

哦，原來還有一個暗格。

「用完記得還我。」

Dave 說話的態度雖然冷冰冰的，但取鑰匙的動作並不掖著藏著，這說明他仍在為早上的事記仇，而對她借鑰匙的目的並未起疑。

羅開懷嫣然一笑：「一定。」

再次潛入並不是難事。午餐時她藉口不舒服，看著朱宣文吃了藥便早早離開了餐廳，之後輕車熟路地來到 Dave 的房間，順利找到整串鑰匙，又輕手輕腳地上了樓。

按照大小試了試，很快便找到正確的那一枚。隨著「啰嗒」一聲，她只覺得自己的心猛然收了一收，一種奇異的感覺蕩過心底，彷彿這扇門裡真的有什麼未知的東西在等著她。她拿著鎖的手微微抖了抖，小心翼翼地推開了門。

暗淡的光線，灰塵的味道，彷彿一個塵封已久的時空被打開了一道縫隙。

裡面立著好幾排古董架，架上多是些瓷器、玉器、瓶瓶罐罐，她走進去，悄然關上門，一轉身，正看見身旁矮架上放著一隻繡花鞋，正好和她房間裡那一隻配成一雙。她陡然吸了口涼氣，不過眼見它擺在這裡，那層神秘的恐懼感反倒慢慢消失了。直接面對恐懼，果然是消除恐懼的最佳辦法。

她沿著古董架慢慢走，看著那一件件五彩的、天青的、月白的、碧綠的古物，彷彿能感受到它們穿越過漫長的時空，各自帶著不同的故事，終於此時此地來到她面前。

忽然有種莫名的感動，她停在一個白底繪花鳥的五彩茶壺前。壺身蒙了薄薄一層灰塵，她猶豫片刻，抬起衣袖輕輕擦拭，花紋立刻鮮豔起來，彷彿沉睡的景物驟然甦醒，花更紅，鳥更靈，纖細筆鋒繪出傳神羽毛，彷彿那鳥下一刻便要銜著花飛起來似的。她忍不住輕輕撫摸壺身，幾乎可以感受到幾百年前它曾在主人面前釋放嫋嫋茶香。

誰曾用你斟茶？茶又斟給誰喝？古物有靈性，這話的確是對的。

她繼續沿著古董架走，不知不覺已走到最後一排。這一排的古董不多，最後一件被一個漆器茶盤擋住了，她想走過去看，卻又想起自己逗留已久，晚走一會兒就多一分被發現的危險，糾結片刻，終於忍住好奇轉身離開，可是剛走一步，又驟然停了下來。

彷彿有種巨大的力量在身後召喚，那力量無聲無息，卻又無可抗拒，她幾乎是不自覺地轉身，看向那被擋住的一隅，呼吸也跟著變得深長，她佇立片刻，再不猶豫，直接朝那一隅走去。

走到漆器茶盤前面，她停了一停，深深地吸氣，接著再邁出一步。

一枚白玉髮簪靜靜架在小木托上，簪子質地如脂，簪頭雕著一朵玲瓏的桃花，花芯處是天然一點朱紅。雖是室內暗淡，簪身仍泛著瑩瑩光亮，花芯處那一點鮮豔的紅潤，彷彿一滴新鮮的血。

剎那，她只覺渾身血液都凝固了，她緊緊盯著那枚玉簪，直到眼睛發痛，又緊緊地閉上眼，深深幾個呼吸，再慢慢睜開。

它還在那裡！它真的在那裡！

她驚得發不出聲音。夢裡反反覆覆出現過的玉簪，此時此刻，竟然就在她的眼前！

縱使夢裡許多情景記不清楚，可這枚玉簪她是無論如何都記得的，多少次從夢裡醒來，睜眼仍能看見簪尖刺向自己。

難道那真的不只是一個虛無的夢？難道自己真的保留了前世記憶？這支簪子，就是自己前世用過的東西？

不用別人出言否定，自己都覺得這想法太不可思議。或許終究是自己記錯了吧，清醒時的記憶都會有偏差，何況是夢裡的？還有，古代玉簪樣式不多，做來做去就那幾樣，覺得似曾相識也不足為奇吧。

心中千迴百轉，手卻彷彿被一種奇異的力量吸引著，慢慢朝古董架伸去。玉質觸手冰涼細膩，她只覺全身發顫，心底湧上莫名的悲傷。

你曾屬於一個怎樣的主人？你是否，曾經歷過一個悲傷的故事？

她鬼使神差地盤起了頭髮，她從沒用過玉質的簪子，可這一次卻盤得極順手，似乎這動作她從前已做過許多許多次。

旁邊的漆器茶盤光亮可鑒，她想了想，移步到茶盤前，以盤為鏡細細端詳自己的影子。

鏡中那個人真的是自己嗎？為什麼如此熟悉，卻又透著陌生？你是誰？你到底是誰？

她忍不住去觸碰那個人影，指尖伸出去，只觸到冷硬的茶盤。

「別碰！」身側突然響起冷冷的聲音。

她嚇得幾乎摔倒，猛然回頭，撞上他凌厲的視線。

「誰讓你進來的？」

剎那間回過神來。「啊，我……我……」亂碰東西被抓個正著，真是欲辯無詞，她環視左右，飛快地想說辭，「我不是要亂碰東西，我只是看這裡灰塵太多，所以進來打掃一下。」

話一說完她簡直想找個洞鑽進去。偷鑰匙進來的，還說看這裡灰塵多？

朱宣文卻並未戳穿她的謊言，或者說，他根本就沒在意她在說什麼。他一步一步走到她面前，直直盯著她頭上那枚簪子。

「誰讓你碰它的？」

「啊？」她太緊張了，反應了一會兒才明白過來，急忙摘下簪子遞給他。「對不起，我不是隨便戴上它的，只是，只是覺得這枚點朱桃花簪……它太美了，我一時忍不住，所以就……」她咬了咬唇，又遞得近一些，「總之對不起。」

太丟人了。

他卻並未接，他的視線陡然從簪子轉移到她臉上，目光如炬，幾乎要把她看得無地自容。

「你說它叫什麼？」

「啊？」

「簪子的名字，你叫它什麼？」

「點朱……桃花簪？」

他面色巨震。

她驚訝地觀察他的表情，不明白這隨口一編的名字，何以讓他有如此反應？

「你怎麼知道簪子的名字？」

「啊？」

「我說，」他胸膛明顯地起伏，似乎在強忍她的遲鈍，「你為什麼知道簪子的名字？」

「我……編的呀。」她幾乎要為自己的答案感到抱歉了。

他也果然沒有相信她的意思，眉心壓低，用一種她從未見過的眼神深深看著她。她被看得心慌，本能地低下頭去。她是心理醫生，本是從不懼怕病人的眼神的，他卻是個例外。

他握住她的手，她一驚，卻見他只是從她手中取走了簪子。

「抬起頭來。」

她乖乖照做，一抬眼，正好撞上他的眼睛，剎那間心如小鹿亂撞。

操守，她暗暗提醒自己，羅開懷，注意你的職業操守。

好在他也並未再與她對視，只是微微傾身向她，一隻手臂貼著臉頰探到她耳後，撩起她的長髮。

這動作太意外，她幾乎不知該如何反應。不過第二秒，她忽然意識到沒有反應也是一種反應，是自己的潛意識接納了他的動作。她被自己這個結論震驚到了。

他另一隻手拿著簪子也探了過去，將一頭青絲在指間纏繞，慢慢插好了一個髮髻。

心跳慢慢地又亂了。

他竟然會盤髮髻？哦，重點是，他為什麼替我盤髮髻？

她覺得他應該會說些什麼，便靜靜地等著。他卻什麼都沒說，只是看著她，看了很久。

一陣嘩啦啦的金屬撞擊聲打破安靜，Dave 尖細的聲音緊隨其後：「哎喲，這不就是丟失的那串鑰匙嗎！怎麼在這裡？咦？羅妃娘娘，您也在？」Dave 說著把鑰匙晃得更響，身姿輕盈地走過來。「您不是說身子不舒服，要回房休息嗎？」

羅開懷暗暗咬唇，反正已經被撞破，索性實話實說：「對不起，戴公公，是我偷了你的鑰匙，偷偷進來的。」

Dave 驚訝地張大嘴：「哎喲，羅妃娘娘，您忘了這裡是什麼地方了嗎？就算您是皇妃，也不能在宮中亂闖。」

「是，我知道錯了。」

「違犯宮規，可不是知錯就行，」Dave 不依不饒，「你快說清楚，你偷偷跑到這裡是想做什麼？」

羅開懷一時語滯，不過緊接著就反應過來了，她今天能順利偷到鑰匙，並不是她有多幸運，根本就是 Dave 有意為之，目的正是製造現在這一幕。

想明白這一點，她語氣反倒硬起來：「我沒想做什麼，就是好奇，所以進來看看。」

「好奇？你、你，」Dave被她的態度氣到，一著急又說不出話來，「皇上，她，她她她……」

朱宣文看著她，眼神幽深難測。她心中一凜，低下頭去，可不知怎麼的，她就是隱隱覺得他不會幫著Dave責問她。

「念羅妃是初犯，又已知錯，這次就不追究了吧。」

Dave驚訝地張大了嘴，待了半晌，終究一個字也沒說出來。

羅開懷施禮：「謝皇上。」

氣氛一時很特別。Dave臉上悲憤交加，頻頻向她投來怨恨的眼神；朱宣文眸深似海，她低著頭也能感到他一刻不離的目光。羅開懷頓覺自己還是不要再在這古董室待下去的好，便又補施一禮：「臣妾告退。」

古董架間空間狹小，她話已出口，才發覺自己若要出去，就必須要朱宣文側身讓路才行。朱宣文倒也不遲鈍，默然側了側身。她屏息收腹，面對著他，很小心、很小心地穿過縫隙，剛走幾步，卻又忽然意識到一個特別嚴重的問題——簪子還戴在頭上。

羅開懷，你這個豬腦袋。

她只好又轉身：「呃，皇上，那個……」

他面無表情，又再次側了側身。她便又咬著唇，很小心、很小心地貼著他的身體穿回去，把髮簪放回木托上，再接著轉身，很小心、很小心地貼著他的身體穿出來。

簡直不能更尷尬。

經過 Dave 的時候，她覺得如果他的目光有形，自己一定會被他刺成刺蝟。直到出了門都還沒喘勻氣，身後默然無聲，她頭也不敢回，直接走到樓梯轉角處，忽聽身後遠遠傳來隱約的聲音，像是……關門聲？

5

「少爺，我越來越看不懂您的行事風格了，」Dave 雙手叉腰抱怨說，「您先是讓她偷到鑰匙，又一路跟著她到這裡，總算抓到她偷拿古董了吧，又什麼都不做，那您到底是圖什麼呢？」

朱宣文不答，只是抬手將架上那枚玉簪取下。簪身溫潤，若有馨香，彷彿仍留有她的氣息。

「你說，她為什麼到這裡來？」朱宣文凝視著簪子，像是在問，又像自言自語。

Dave 愣了片刻，環顧四周，目光最後落到朱宣文的手中，一下恍然大悟：「哦，一定是為了偷古董！」

朱宣文輕輕搖頭。「是因為它。」他晃了晃簪子。

「哦，」Dave再次恍然大悟，「是為了偷簪子？」

Dave的智商朱宣文了解，他無奈地笑了笑，良久嘆道：「我找到她了。」

Dave又反應一會兒，這才恍然大悟：「不是吧少爺，您說羅醫生就是您一直找的那個『她』？哎喲，她和那幅畫中的人只是長得像，之前您說過的呀。」

「你還記得這枚簪子嗎？」

「當然記得，那年您花大筆錢在拍賣會上買的，非說夢裡見過，當時我們都覺得您瘋了呢。」沒錯，何止他們，當時連他都懷疑自己瘋了，夢裡的東西，怎麼會出現在眼前？可它明明就在那裡。

「當時在拍賣會上，它只是被叫作明代玉簪，可是成交後，賣主私底下告訴我，它還有一個很美的名字，你猜，它叫什麼？」他看向Dave問。

「您叫我……猜？」Dave眼裡寫滿了「少爺，您在逗我嗎」，許久，見他竟然真的在等答案，這才抓耳撓腮地猜起來：「白玉簪？雕花白玉簪？珍珠翡翠白玉簪？」

「它叫點朱桃花簪。」

「點朱桃花簪……」Dave品味一會兒，笑著說，「真好聽呢。」

「是啊，多好聽的名字。」他低頭撫摸簪頭那朵桃花，指尖溫柔如目光，「這些年我從沒對任何人講過這個名字，這就像我和『她』之間的祕密。可是剛剛，她一見到它，就叫出了它的名字。」

Dave 也有點驚訝：「您是說，羅醫生也知道它的名字？」

朱宣文搖頭：「她並不知道，只是一見到它，就能叫出它的名字。」

「這怎麼可能呢？」

「是啊，怎麼可能？一幅畫是巧合，不會兩件事都是巧合，我要找的那個人，一定就是她。」他凝視著玉簪，慢慢把它握進手裡。

我找到了你，我終究找到了你。

Dave 白皙的臉上現出強烈的擔憂。反覆做同一個夢固然稀罕，可硬說世上還有另一個人和自己做著一樣的夢，就太過匪夷所思了。這些年少爺雖然一直折騰，可也就只是買買古董，老董事長由著他，也只是當他有這麼個愛好，可如今竟然真的冒出這麼個人來……

「少爺，您現在可是裝瘋，目的也並不是找『她』，您千萬要清醒，可別入戲太久，真瘋了。」

「你放心，我一直都很清醒。」

「如果清醒，您就該知道她是什麼人。」Dave 說著探手進袖，拿出那個小藥丸，「這個，才是她來咱們這裡的真正目的。我 Dave 念書少，懂的道理不多，可我知道這世上沒有不透風的牆，二老爺要是能連長得一樣的人都找出來，難保他沒搜羅過你那個簪子的祕密。」

朱宣文默默接過藥丸，凝視片刻，又將目光投向幽暗的門口。門口早已不見她的身影，只有幽深的走廊通向前方。

6

羅開懷從手中樹枝上揪了一片葉子，扔進人工湖裡。過一會兒，又揪一片，又揪一片……

好奇心是滿足了，她也不再懼怕那個房間，可是，新的問題卻比恐懼更加讓她心神不寧。

他為什麼會有那個簪子？他為什麼讓我戴上那個簪子？他又為什麼對我隨口編的名字有那麼大的反應？還有，他不是喜怒無常嗎，我擅闖藏古董的房間，他怎麼沒有責怪我？

他似乎，和普通的妄想症患者不大一樣呢。

一下揪到枝條，她往手中一看，嘆了嘆，把光禿禿的枝條也扔進水裡，水波驚動了一條肥胖的錦鯉，魚快速游走了。

秦風不肯安排她和委託人見面，她至今也不了解他生病前的生活，靠她自己走進他的內心，不知要等到什麼時候，總不能一直耗在這裡。

要不，就用那個辦法，想個法子勸他退位？唉，不過總覺得有點不靠譜。

「愛妃有心事？」

羅開懷猛然轉身，驚見朱宣文和Dave不知什麼時候也來到了橋上，心跳馬上漏掉一拍，急忙欠身行禮：「臣妾參見皇上。」

她行完禮暗想，自己什麼時候開始，真像個怯生生的小妃子了？

「愛妃平身，」朱宣文笑道，「良辰美景，愛妃為何獨自嗟嘆？」

她不敢抬頭：「臣妾不是嗟嘆，而是在懊惱，不該為一時好奇擅闖宮中禁地，破壞了宮中規矩。」

「朕既已不追究，愛妃大可不必掛懷，今日風輕雲淡，愛妃陪朕遊園可好？」

遊園？又是遊園。羅開懷一下想起古裝電視劇裡，每當有宮鬥劇情出現必伴有遊園，彷彿遊園就是宮鬥戲的標配。只不過此處只有她一個「妃子」，宮鬥是一定鬥不起來了。

她輕聲應了句「是」，默默退到朱宣文身後。

忽然感到身側一陣寒涼，羅開懷斜眼看去，正是Dave狹長的眼睛投來冷冷一瞥。心中陡生不祥的預感——上次的戲弄之仇還沒報，這個娘娘腔想必不會善罷甘休。看來自己剛才那個結論，下得有點為時過早啊。

果然下一秒就見Dave笑吟吟地開口：「皇上，既然羅妃娘娘為過錯耿耿於懷，奴才以為，倒不如給娘娘個機會將功贖罪，免得娘娘於心不安。」

朱宣文下橋的腳步緩了一緩，說：「戴公公且說說看。」

「今日正逢宮中灑掃，這魚池裡的水正好該清一清，園子也該掃一掃，還有宮中幾十個房間也該清潔一番，哦，對了，小白也該洗個澡，犬舍裡的用具都要徹底清洗一遍。」說著看向羅開懷，「羅妃娘娘把這些都做一遍，不知心中愧疚能否舒緩一二呢？」

都做一遍？說得輕鬆，等都做完，晚飯都沒得吃了。不過這就是他的報復手段？

羅開懷斜瞄著Dave，暗想這個娘娘腔不但心眼小，腦子也笨。朱宣文以前用他做助手，想來也聰明不到哪裡去，倘若有一天他病好回到TR集團……真是為TR的未來捏一把汗呢。一轉念，又覺得自己實在是想太多了。

Dave見她久未回答，以為她怕了，得意地催道：「羅妃娘娘，您在擔心事情太多，怕做不完嗎？」

「哦，那倒不是，」她收回心神，笑著說，「戴公公一片好心，我十分感激，怎麼會嫌事情多？我只是想，這些都是奴才該做的事，我身為皇妃，怎麼可以隨意屈尊呢？依我看，倒是戴公公你去做比較合適。」

Dave又被她氣得瞪眼睛，想了一想，又搬出朱宣文來撐腰：「既是將功贖罪，自然不能與平常一樣，不知皇上以為如何？」

朱宣文停下腳步，轉身看看Dave，又看看羅開懷，皺了皺眉像是左右為難。

「將功贖罪的確與平日不同，」他沉思片刻說，「可主僕界限仍要分明，朕也以為羅妃所言甚是。」

Dave原本的一臉篤定現在僵在臉上，慢慢變成被主人拋棄的痛苦。「皇上？！」

「戴公公，事務繁多，還不快去？」羅開懷從旁催促，「小心做得晚了會沒有晚餐吃哦。」

7

的確是做到吃晚餐也做不完。當 Dave 擦完最後一個房間，又清理好犬舍，替小白洗完澡，拖著疲憊的身子來到餐廳準備傳膳時，簡直要被眼前的景象驚掉下巴。

幾個色澤鮮豔的菜肴已經擺上餐桌，羅開懷一身米色洋裝，朱宣文則是同色襯衫配西裝褲，一條銀色領帶打得周正筆挺，兩人並肩坐在餐桌前談笑正酣，像極了一對情深意篤的情侶。

有那麼一瞬間，Dave 幾乎想要遁地消失，免得自己成為這絕佳畫面裡不和諧的一筆。

羅開懷看見他進來，笑著招手：「戴公公辛苦了，快換身衣服一起來吧。」說著指了指朱宣文身邊的椅子。

Dave 驚愕得忘了反應，只站在原地瞪大眼睛看著他們。

「這是羅妃的主意，」朱宣文和悅地解釋說，「她說帝王生活日復一日，偶爾穿穿番邦的衣裳，體驗一下尋常百姓的生活也是種樂趣，朕覺得有趣，就試了一試。戴公公，你看朕這身打扮如何呀？」說著還抬了抬雙臂，展示那件剪裁精良的襯衫。

好看當然是好看的，可是……

Dave 向羅開懷投去複雜的目光。

羅開懷此刻心情不錯，便回給他一個燦爛的笑容。今天下午 Dave 去打掃院子時，她想到之前每次用餐總是由 Dave 大張旗鼓地傳膳，這對朱宣文的病情很不利，便趁著 Dave 不在提了這個建議，原本也沒奢望一次就能成功，可沒想到他竟然痛快地答應了，倒讓她有些意外。

在廚房做晚餐的時候，她莫名其妙地有些分神，切著藕片，一轉身，正看見他倚門立在門口，一手插在西裝褲口袋裡，一手靈活地擺弄著領帶，視線卻是看向她的，見她回頭，視線跳了一跳，又揚起唇角，對她要命地笑了一笑。

她馬上心跳就漏掉一拍。廚房是這所大宅裡最有當代氣息的地方，他又是這樣一身打扮，如果不是知道他腦子有毛病，她幾乎要以為他是故意在那裡擺好造型，等著她回頭，專門帥給她看的。莫名其妙就有種他已經痊癒了的感覺。

「你……你怎麼在這裡？」

「你不是說體驗尋常百姓的生活嗎？」他淡笑著說，「我挑水來你下廚，不也是尋常夫妻的樂趣？」

原來是這樣，她提醒自己這樣也很不錯了，笑了笑，故意不叫他皇上：「可也沒見你挑水啊。」

他馬上挽了挽袖子：「娘子需要我挑嗎？」

他也沒以「朕」自稱，這很好。羅開懷笑了笑，指一指面前的蓮藕：「挑水就不必了，這個會切嗎？」

本是故意刁難他一下，誰知他就真的接過刀，認真地一片片切起來，仔細查看，刀工竟然也有模有樣。很好，發病前的生活技能被喚醒，這是個好現象。一整晚他們都配合默契，不知內情者大概多半會以為他是個正常人，當然，能有這一整晚的神速進步，也多虧了Dave不在旁邊干擾，所以對Dave，羅開懷此刻懷有一絲微妙的感激。

「戴公公，快去換衣服呀，晚了湯要涼了。」她笑著說。

Dave卻動也不動：「番邦的衣裳，奴才穿不慣，還請皇上、娘娘恕罪。」

羅開懷一愣，朱宣文笑說：「一頓飯的時間而已，戴公公就委屈一下。」

Dave卻仍是立在原地。朱宣文見他神色有異，仔細看了看，問：「戴公公，你的眼睛怎麼了？」

Dave抬手抹了抹眼角：「回皇上，沒什麼，就是給小白洗澡時濺著了眼睛。」說是這麼說，卻分明是帶了哭腔。羅開懷也仔細看他的眼睛，這才發現他眼眶果然紅紅的，暗想做一下午打掃而已，況且又是他咎由自取，至於委屈成這樣？

朱宣文問：「你是不是有了什麼難處？若是有，大可說出來。」

Dave一聽，眼眶頓時更紅了：「謝皇上關心，奴才沒什麼難處，只是生出些感慨罷了。奴才多年跟在皇上身邊，自問一直忠心耿耿，沒想到近日一連多事，在皇上心裡，竟然還比不過一個新得寵的妃子。」說到這裡乾脆哭哭啼啼起來。

羅開懷不由得心中一沉。以情動人，這一招樸實無華，卻又極有殺傷力，Dave連眼淚都擠出來了，想必來者不善。

朱宣文果然中了招，柔聲安撫說：「戴公公誤會了，不過是件衣服而已，你若穿不慣，不換就是。」

Dave這才委委屈屈地走過來，在朱宣文身邊坐下，又白眼了羅開懷：「皇上，請恕奴才直言，這番邦的衣裳穿一次尚可，皇上是一國之君，平日穿著還是要以得體為重。」

「戴公公所言極是，朕明日不穿這一身就是了。」轉而問羅開懷，「愛妃以為如何？」

羅開懷腮幫子都咬疼了。辛辛苦苦一下午的努力，被這娘娘腔三兩句就抹除了。她勉強應了句「是」，狠狠瞪了Dave一眼，Dave帶著還沒消的紅眼眶，又挑釁似的瞪回去。

二人你來我往，一頓飯吃完，羅開懷幾乎不記得自己吃了些什麼，只覺得眼睛疼。

8

第二天，果然君無戲言，朱宣文再也不肯穿「番邦的衣裳」，不過羅開懷也不氣餒，寸步不離地守在他身邊，防止Dave再搞破壞。

她現在幾乎已經可以肯定，在這個朱家，在她看不到的地方，有人不希望朱宣文的病好起來，而那個人很可能就是Dave真正為之服務的人。豪門恩怨說複雜也複雜，說簡單也簡單，她一個心理醫生倒是不想管那麼多，只求盡好本分，問心無愧而已。

不過一想到自己水準有限，就算盡了本分，也未必能治好他的病，再一想自己的「奇葩」療法，頓覺「問心無愧」這四個字說來簡單，有時候又實在是這世上極難辦到的事情之一。

「皇上，您這詩題得真好，」她站在朱宣文身邊，一邊琢磨著自己的「奇葩」療法，一邊笑盈盈地說，「堪比當年的李後主呢。」

朱宣文正在寫最後一句，聞言手一頓，沒說什麼。

「畫畫得也好，有宋徽宗的風采。」

那李後主與宋徽宗，都是著名的亡國之君：一個斷送了南唐江山，被北宋掠去幽禁；另一個斷送了北宋江山，被金人掠去受盡羞辱折磨。

再怎麼好脾氣，也受不了這兩箭連發。朱宣文終於皺了皺眉，淡淡說：「兩個都是亡國之君，你將朕與他們相比，是說這大明江山也將斷送在朕的手中嗎？」

「啊？他們都是亡國之君？」羅開懷忙驚慌地說，「臣妾不知，請皇上恕罪。」說罷又想了想，嘆道：「怎麼隨口一說，就碰上兩個亡國之君呢？這亡國，也太容易了吧？」瞄了瞄朱宣文的神色，又憂傷地說：「可憐那李後主與宋徽宗都是才華過人的大才子，為什麼偏偏命那麼不好，做了皇帝呢？想來這皇帝也真是天下第一可憐的差事，稍有差池就要亡國亡命的。」

朱宣文瞥了她一眼，她嚇得急忙收回目光，暗惱這句有點用力過猛了，琢磨著下一句該往回收一收，否則欲速則不達。

不過他卻像是被說中了心事，抬頭望向窗外花園。書房的窗戶正對假山，此時窗扇全開，窗外陽光正好，假山、草地、小橋、涼亭，美則美矣，只是矯飾有餘天然不足，顯得十分造作。

「你說得對，自古至今，多少人為這帝位不擇手段，一朝到手，才知不過給自己爭了個舉世無雙的牢籠，若論自在快活，這九五至尊哪裡比得上一個普通的田舍翁？」

有戲！

「皇上聖明！既然如此，不如您退位如何？從此紅塵逍遙，不比整日困在這精緻牢籠中自在多了？」

他轉身看向她，目光一如既往地撲朔迷離。她懊惱地暗叫糟糕，怎麼忘了往回收？這下好了，用力更猛了。

卻見他脣邊一抿，微笑說：「紅塵逍遙，朕又何嘗不想？只可惜身為帝王，那般快活早已不敢奢望了。」

「不算奢望，不算奢望，只要您肯退位，馬上就會有人繼位的。」

「不可，那種坑害他人之事，實非帝王所為。」

「……」

她被他堵得詞窮，忽聽窗外假山另一邊傳來「撲通」一聲，緊接著便是人在水中掙扎的聲音，還有Dave驚慌的號叫：「救命啊！」

兩人飛快對視一眼，再顧不得什麼退不退位，迅速向門外奔去。假山另一邊是人工湖，水雖不深，可若遇上倒楣的，也能要人命。

兩人衝至湖邊時，Dave已經渾身濕漉漉地往岸上爬，小白也聞聲跑了過來，叼著Dave的衣服往岸上拖，Dave氣喘吁吁地爬上岸，一爬上來就向他們請安。

虛驚一場，朱宣文笑問：「戴公公，你好端端的，怎麼會掉進湖裡去？」

「奴才愚笨，剛剛在池邊餵魚，不料把勺子揚進了假山縫裡，那縫隙又窄又深，奴才試了好幾次都取不出來，最後一用力，就把自己掉進湖裡去了。」Dave濕得渾身滴水，說話的工夫，腳下又積了一小攤水。

羅開懷不解地問：「是什麼樣的縫隙？有那麼難取嗎？」

Dave聞聲看向她，笑呵呵地說：「羅妃娘娘見笑了，也不是多不尋常的縫隙，喏，就是那一個，」說著指過去，「奴才手臂太粗，碰不到，您玉臂纖細，不知可否幫奴才取回勺子？」

縫隙離岸邊很近，若是手臂纖細之人，倒的確很容易取的。事倒是舉手之勞的事，可Dave那完美的笑容反倒讓她疑竇暗生。有了前幾回合，她對這娘娘腔早已三百六十度戒備，可是若斷然拒絕吧，又實在顯得自己太小氣。她猶豫片刻，終於覺得光天化日，又是那麼普通的一個縫隙，應該沒什麼問題。

勺子掉得不深，站在岸邊就能看到，她走過去，一邊腹誹那笨蛋是怎麼把自己掉進水裡的，一邊伸手向縫中探去。

很快就拿到了勺子，只是怎麼感覺好像觸到了毛毛的東西？又不像是毛，像是許許多多的什麼，觸在手上麻酥酥的。莫名其妙有點發毛，她小心地探身向縫隙中看去。

就這一眼，頓時嚇出三魂七魄。原來那毛毛的東西竟然是一洞蜈蚣！此刻密密麻麻的蜈蚣正包裹著她的手，有的甚至沾到了衣袖上！

她嚇瘋了似的尖叫，猛地抽出手來，連步後退，又退得太急，被腳下一塊翹起的青磚絆住，整個人仰身向後倒。朱宣文快步衝過去，無奈直線距離太遠，他還未近身，她已結結實實摔在了地上。

青磚磕得腰折了似的疼，不過她也顧不得了，只尖叫著揮動衣袖。

「別怕，別怕，」朱宣文像安撫精神病人似的把她箍住，「這些只是乾蜈蚣，是藥材而已。」

聽聞是中藥材，她稍稍冷靜了些，大著膽子看向那些散落在地上的小東西，見的確是製成了乾的，可還是讓人渾身酥麻。

「怎麼會有蜈蚣？」她腦子嚇呆了，這麼問的意思就只是，假山縫隙裡怎麼會有中藥材？

可朱宣文聽了，自然會有另外的含意。

「戴公公！」他冷冷喝道，「給朕解釋一下，這些蜈蚣是怎麼回事？」

其實呢，Dave只是覺得以前鬥法戰績不佳，今天想搞個惡作劇扳回來一局而已，誰知羅開懷這麼不經嚇，更沒想到她會摔這麼重。

「回、回皇上，奴才就是想和羅妃娘娘開個玩笑。」

「放肆！」朱宣文投去淩厲的一瞥，嚇得 Dave 一哆嗦，「以後不許再開這樣的玩笑！」

Dave 看出朱宣文真動了怒，許久才應道：「是。」

羅開懷也是第一次見他動怒，不由得隱隱害怕，連 Dave 的氣都不生了，掙扎著想要站起來。誰知關鍵時刻腰不爭氣，第一次沒起來，第二次起來了又跌回去，一下想起那天朱宣文也摔得站不起來的樣子，暗想這青磚地實在是不一般哪！心裡暗嘆著，一邊還要齜牙咧嘴地掙扎，生怕起晚了自己也被罵一頓。

他倒是沒罵她，卻也失去了耐心，直接將她橫抱而起，大步朝小樓而去。許是氣還沒消，他雙臂肌肉緊繃，手指幾乎陷進她腿裡去，她想叫他輕一點，抬眸看見他的臉色，想想還是忍住了。

上樓梯的時候，他的手終於不再勒得那麼緊，她卻有點為自己的體重感到抱歉。

他把她抱進二樓臥室，又拿了個靠枕塞在她背後，腰疼終於舒緩了些，手卻開始火辣辣地疼起來，剛剛從石頭縫裡抽得太急，把手背磨破了。

他搬來一個小凳坐在她床邊，又從藥匣裡拿出一個小瓷瓶，瓶身是青花色，瓶口一個小木塞，讓她想起古裝劇裡無色無味的毒藥，滴在酒裡，一滴斃命……

不由得全身一寒，問道：「皇上，這是什麼藥？」

他正在拿棉球蘸藥水，看也不看她，只淡淡吐出兩個字：「毒藥。」

她偷偷吐了吐舌頭，知趣地不再作聲。

他拿過她受傷的那隻手，夾著棉球的夾子在患處懸了一懸：「會有一點疼。」

他的手指很好看，觸感又溫潤，配上那一低頭的溫柔，竟然讓她一瞬間心動神搖，腦中自發冒出的一句是，那又有什麼關係？

還沒等她為這念頭感到害羞，一陣劇痛就把她從春夢裡揪出來。她「嗞」了一聲，微微抽手。他看了看她，沒說什麼，只是動作輕了點。

「戴公公這個人，沒什麼壞心眼，」他一邊擦，一邊淡淡開口，「就是頭腦比較簡單，有時開起玩笑來沒深沒淺，你不要太在意。」

他哪裡是開玩笑？分明是心機深重的報復！

她撇了撇嘴：「皇上對戴公公，好像特別信任？」

「他跟在朕身邊多年，從無大過，是個可以信任的人。」

「可是自古宮變竊國，不也多是從收買皇帝的身邊人開始的嗎？」

棉球一頓，他抬頭望向她：「你似乎有話想對朕說？」

這一問讓她有點無措。她原本倒也沒想對他說什麼，況且他這個狀態，說了他也聽不懂，不過他既然問起了……

「臣妾是想說，這皇帝呢，雖然不是什麼好差事，可是卻總有傻瓜想要做，所以皇上您也要擦亮眼睛，留神身邊人才是。」

他望向她的眼睛瞇了瞇，眼神變幻莫測：「說得沒錯，那依你之見，若是有人想奪朕的位，該怎樣從朕的身邊人下手呢？」

「這個嘛……」

我又沒篡過位，我怎麼會知道？

她飛快地搜腸刮肚，把從電視上、史書中、學校裡學來的謀權篡位之法胡亂說了一遍，他聽完，果然一點害怕的樣子也沒有，只是悠悠地又問：「還有嗎？」

啊？

「下毒呢？」他隨口一說似的。

「下毒？對哦！」她一拍腦袋，一副「我怎麼沒想到」的樣子，「這也是個好辦法，可以買通皇帝身邊的太監宮女，然後神不知鬼不覺……」她說著忽然一停，若有所思地看著他。

他面色如常，等著她繼續說。

「不過呢，這種辦法一般只適合兩種情況：一是老皇帝快不行了，又沒有立太子；二是皇帝很年輕，而且沒有子嗣，您就屬於這一種……咦？皇上，您為什麼這樣看著我？」

他又現出那種謎一樣的眼神，凝視她一會兒，又微微低了頭，繼續擦他的藥。

她拉長了脖子，仔細觀察他的表情。他卻沒什麼表情，只是兩側嘴角微微向內抿著，那是一種隱含的微笑，代表心情不錯。

可剛剛的話題，從哪個角度考慮，都沒道理叫他心情不錯吧？她嘆了嘆，這精神病人的腦迴路果然和常人不一樣。

「這幾天不要碰水，也不要亂動，否則傷口再破，很容易留疤。」

「嗯。」

「戴公公那邊，朕會命他下不為例，你不必擔心。」

「嗯。」

藥擦完了，他忽然沒有話說，抬眸看了她一眼，對上她的目光，旋即又低下頭去，開始整理藥瓶和棉球。可就是那一抬眸的對接，竟然讓她捕捉到一點……驚慌？

可他怎麼會驚慌？她正在懷疑自己的判斷力，緊接著就見他收夾子時碰倒了瓷瓶，扶瓷瓶時又帶掉了棉球，他急忙俯身去拾棉球，再抬身時撞上她疑惑的目光，眼裡分明有種掩飾不住的狼狽。

陽光明媚而調皮地把房間照得通亮，他一雙長手飛快而忙亂地整理著那區區幾樣東西，她看著，忽然就覺得心情好極了。

「朕出去了，你，好好休息。」他言罷起身，拿著藥匣轉身出去。

「皇上！」

他腳步一頓，轉身看向她。

她自己也是一愣。她本沒想要叫他的，可是見他要走，不由自主地就想叫住他，就好像身體裡還有另外一個自己，想要把他留下來。

「有事？」

呃，叫都叫了，沒事也要編點事出來。

「臣妾今天早晨並不是故意要把您比作亡國之君的，皇上英明賢能，怎麼會是亡國之君呢？」

他點頭：「朕明白，你也不必在意。」

「可是皇帝這個職業，的確是很危險的，從古至今，多少人在覬覦，又有多少皇帝死於非命？就算僥倖沒遭暗算，一輩子也不好過。做個明君吧，要承受常人不能想像的壓力；做個昏君吧，不是亡國就是留下千古罵名。依臣妾看，這皇帝實在不是什麼好差事。」

他轉正了身子，微微含笑地看著她：「所以呢？」

「所以，皇上為了臣妾，可否不要再困在這牢籠中了？我們出宮去，你不是皇帝，我也不是妃子，我們從此紅塵執手，做一對遁世佳偶如何？」

他唇邊的笑容一凝，眸光中湧起震撼之色。她自己也被自己嚇了一跳，倒不是為他的反應，而是為自己的反應，明明是臨時組織起來應付一下的，沒想到話一出口竟然順得像打過草稿一樣，哦不，是像以前聽人說過似的，有種莫名其妙的熟悉感。

還是他先恢復過來，淡淡道：「一國之君，身繫萬民福祉，豈可說退位就退位？這樣的話，愛妃以後不要再說了。」說罷，轉身逕自出門去。

他的背影消失在門外，她默默收回視線，發覺心中竟然生出濃濃的悵然。

忽然又被自己嚇了一跳。羅開懷，你在想什麼？

枕邊傳來嗡嗡的振動聲，是手機。來朱家這幾天，她怕這麼現代化的東西會刺激他的病情，鈴聲都調成了靜音。她急忙從枕下摸出手機，是秦風，莫名其妙地竟然有點心慌。

「所長。」

秦風萬年不變的呵呵笑聲傳來：「開懷啊，今天是第三天了，你那邊治療情況如何啊？」

「呃，很好，很好啊。」聲音顫巍巍的，自己都聽得出來不自信。

「沒關係，有什麼情況就儘管說，這個病例很特殊，我把你派過去，也並不要求這麼快就見效。」

老師就是老師，她還什麼都沒說，老師就已經猜到了。

羅開懷有些不好意思：「對不起，所長，這些天我都還在拉近和病人之間的距離，治療方面，確實沒什麼進展。」

秦風很包容地一笑：「很正常，慢慢來。藥按時給他吃了嗎？」

「吃了，每日三次，都是按時服用。」

「你看著他服下的？」

「是，都是我親眼看著的。」總算有件事做得還好，羅開懷很賣力地點頭。

秦風嗯了嗯：「他這幾天身體狀況怎麼樣？」

「身體狀況？」

「我是說，這藥有沒有明顯的副作用？畢竟我之前也沒用過，只是聽說副作用小，不知道是否屬實，如果副作用大，我們可以再換回常用藥。」

羅開懷認真想了想，這幾天好像的確沒發現朱宣文有什麼不良反應，便高興地說：「所長您放心，這藥確實沒什麼副作用，病人這幾天身體狀況非常好。」

「真的？」

「千真萬確，」她忙不迭地點頭，「這說明這藥真的很不錯，以後再遇到類似的病人，我們都推薦這種藥吧。」

秦風應了兩聲，囑咐她不要中斷給病人用藥，還要及時向他通報病人的病情，便掛了電話。

羅開懷盯著電話出神許久，從醫以來第一次，對自己感到很失望。其實秦風對她也很失望，她是感覺到了的，雖然秦風電話裡沒說什麼，對她的態度也一直笑呵呵，但她是秦風的學生，還是可以從細微的差別中分辨出那笑聲背後的失望。

捧著手機思索良久，她眼睛一亮，手指在手機螢幕上劃了劃，懸在一個人的名字上方。猶豫片刻，按下去。

「桃子，請你幫我個忙……你放心，這裡真的沒有犯罪，只是我現在有一個治療方案，需要你的說明……放心吧，絕不要你知法犯法。」

第四章　初露端倪

「愛妃不必驚慌，朕自會派人救出國舅。」

1

月黑風高夜，殺人放火天。羅開懷推窗看了看天，不禁感謝天公作美。

她小心地關好窗，轉身幾步打開衣櫃。桃子咕咚一聲滾落在地，扶著櫃門許久都沒站起來。

羅開懷一陣緊張：「桃子，你怎麼了？」

「你到櫃子裡關七八個小時試試。」桃子一邊痛苦地揉腿，一邊掙扎著扶住櫃門，終於慢慢站起來，「早知道半夜才行動，你何苦大白天就把我叫進來？」

「我也是沒辦法啊，」羅開懷面露愧疚，「晚上來小白會叫，就只有下午那段時間 Dave 去遛小白，我才有機會放你進來。」

「好了，我知道了。」桃子痛苦地說著，一瘸一拐挪到椅子上坐好，接過羅開懷遞過來的包子兩口吃下，繼而又疑惑地盯著她。

羅開懷愣怔片刻，忙說：「不急不急，等你的腿好了再行動。」

桃子無奈地摸著肚子：「我是想問，還有包子嗎？」

「呃，這個，」羅開懷簡直不能更愧疚，「藏多了他們會懷疑的，桃子，你就忍一忍……」

桃子仰臉九十度，用「我一定是欠了你的」那種語調哀嘆一聲，許久，看向她，肚子裡又是咕嚕嚕一陣亂響。「我好了，開始行動吧。」

羅開懷點了點頭，忽然對今晚的行動有點沒信心。

不過箭在弦上，有沒有信心都得上，她給桃子一個「聽我動靜」的手勢，悄悄推門出去。

2

走廊裡一片漆黑，樓梯處的小窗不知怎麼沒關，夜風發出嗚咽聲，羅開懷打了個寒顫，不由自主地放輕腳步，走了幾步才想起自己是來造勢的，急忙又跺著腳咚咚地跑起來，恨不得把地板跺得一步一個窟窿。

轉瞬立在那扇精雕木門前，她抬起拳頭深呼吸，運足力氣，重重地敲下去。

按照她的計畫，她原本是想把門敲得震天響，一邊敲一邊高喊有刺客，然後朱宣文從夢中驚醒，慌慌張張地來開門，他一慌張，就比較容易相信她的話。

誰知這門竟然沒鎖，她這全力一敲，門忽然就開了，她一個踉蹌跌進去，差點摔趴在地上。

不過不知是朱宣文淺眠，還是警惕性高，竟然被這點聲音驚醒了，他猛地坐起來，抬手「啪」地打開燈，動作俐落得如同武林高手。

屋子頓時大亮，羅開懷急忙擋了擋眼才適應光線，再睜眼，只見他穿一身淺灰色睡衣坐在床頭，雙手抓緊被子擋在身前，驚訝地看向她：「你要幹什麼？」

「你你你，你別怕，我我我不想幹什麼。」羅開懷慌忙解釋，之後才一下子想起自己的目的，不過剛才那股勢頭卻早已沒了，她咬了咬唇，一手指向門外，弱弱地道：「皇……皇上，有刺客。」

氣勢弱得連她自己都不信，不過朱宣文好像對「刺客」兩字特別敏感，立刻飛身下床問：「什麼刺客？在哪裡？」

「呃……」羅開懷尷尬地回望門外，桃子應該還在等自己的動靜，可惜剛剛動靜太小，她應該沒聽見。

現在才喊會有點假吧？不過事已至此，也管不了那麼多了，她氣沉丹田，突然慌張地大叫道：「在外面！就在外面！皇上，外面有刺客！」

朱宣文向她投來不解的目光。

這時桃子蒙著面巾應聲而至，朱宣文一驚，下意識地拉過羅開懷護在身後。桃子功夫過人，可惜演技一般，估計此生也是第一次喬裝刺客，竟然一下子不知該先動手還是先動腳，只比著個花架子，在朱宣文面前蹦來跳去，蹦著蹦著，還把面巾給蹦掉了。

朱宣文的目光越發疑惑，一時也沒想和桃子交手。羅開懷站在他身後，還以為他怕了，心下一喜，看準時機衝出來。

「皇上，你快跑，這裡交給我！」說著便衝上去和桃子打成一團。

兩人你給我一拳，我踢你一腳，你再給我一拳，我再踢你一腳……

朱宣文剛剛本想去救羅開懷，此時反倒氣定神閒地站定了，饒有興趣地看她們兩個打來打去，彷彿在欣賞一場猴戲。

羅開懷心知恐怕已被他看穿，但還是抱著最後一絲希望，焦急地喊道：「皇上你快跑啊，再不跑臣妾支援不住了！」是真堅持不下去了。

話音剛落，只聽哐啷哐啷兩聲，兩個黑衣男子破窗而入。羅開懷心中暗喜，以眼神讚賞桃子：你還帶了幫手？這下戲就可信多了。

誰知桃子的手一停，警惕地向那兩名男子看去。

眨眼間寒光乍閃，兩名男子手持匕首直接刺向朱宣文。朱宣文迅即轉身抵擋，招式間亦赫然可見功底，不過那兩名男子顯然更厲害，加上占了二對一的優勢，朱宣文漸漸不支。

「喂，你帶來的人怎麼沒深沒淺呢？」羅開懷雖然不懂功夫，但也看出不對勁，「怎麼還動刀子？啊！」一人趁朱宣文倒地的瞬間，揮刀直向他心臟刺去。

桃子顧不得向她解釋，飛起一腳踢掉男子的匕首，男子一見她出手，立即轉身朝她攻來。朱宣文趁機翻身躍起，另一名男子的匕首又淩空襲來，朱宣文閃身一躲，卻發現已退至牆角，那男子露出獵人得手前的微笑，一步步逼近。羅開懷看得心驚，情急中抓過手邊一個瓷瓶朝那男子扔去，男子聽著風聲一閃身，花瓶摔碎在地上，他卻並未受她干擾，繼續朝朱宣文逼近。

另一邊桃子也節節敗退，眼看情勢危急，一人幻影般從門外飛進，騰空兩躍已至朱宣文近前，羅開懷尚未看清他是怎麼出的手，對面黑衣男子的刀已淩空飛起，掉落時，竟然穩穩落入他的手中。

黑衣男子背影一僵，羅開懷更是驚訝——那個幻影竟然是Dave！

另一邊響起嘩啦一聲，桃子連人帶桌摔倒在地，與她交手的男子確定她已沒有威脅，立即轉身朝Dave攻來。Dave以一敵二竟然也毫不費力，攻勢輕盈而淩厲，直逼得兩名男子節節敗退。兩名男子見無勝算，也不糾纏，互打了個手勢，飛身俐落地翻出窗外。

眨眼間屋內已恢復平靜，羅開懷覺得自己就像看了場功夫片，若不是眼前還有散落一地的碎瓷片，她簡直要懷疑剛剛是否發生了一場激戰。

「呀！皇上，您的汝窯瓷瓶！」Dave掩口深深吸氣，盯著一地碎瓷驚聲尖叫道。

羅開懷一聽「汝窯」二字也是一驚，急忙掃一眼地面，暗想這朱家到底是什麼地方，自己隨手一扔就是汝窯？朱宣文直接朝她走來，嚇得她急忙後退。

他已走到她近前：「你沒事吧？」

「啊？我、我倒是沒事。」她怯生生地說，「實在對不起，我剛剛不知道那個是……文物。」

他上下看了看她，大概確定了她真沒事，淡淡地說：「沒關係，那不過是個仿品。」

「怎麼是仿品？那明明是那年你從拍……」Dave只說半句，就看著朱宣文的眼神嚥回了下半句。

羅開懷猜想那嚥下的詞一定就是「拍賣會」了，再一看Dave的樣子，想來必是真品無疑，不由得痛苦地看著那一地碎片，真是碎得黏都黏不回來了。

「皇上，我剛才也是一時情急，手邊又沒有別的東西。」她說著求證般看向原處，赫然見一個金屬座鐘擺在那裡，只好痛苦地閉上了眼睛。

桃子撫著胸口站了起來，發出一陣咳嗽聲，羅開懷看了看她，又看看齊齊盯著自己的朱宣文與Dave，忽然一下明白了什麼叫「欲辯無詞」。

Dave一個飛身過去，兩下將桃子反剪雙手擒住，尖聲問：「你是什麼人？」

桃子做員警這麼久，只有她抓人，哪有人抓她？當下奮力掙扎起來，誰知Dave那看似白嫩的手竟然如此有力，她越掙，他箍得越緊。

桃子又氣又疼，叫道：「你這娘娘腔，看不出還挺厲害！」

「你說誰是娘娘腔？！」Dave被戳到痛處，氣得更加用力。

桃子齜牙咧嘴地硬挺：「哈，越說你還越像了，就是你，娘娘腔！」

「你再說一遍！」

「娘娘腔！」

「你再說？」

「娘娘腔，娘娘腔，聽夠了嗎？娘娘腔！」

Dave氣得渾身亂晃，手上憤而發力，桃子終於支撐不住，「啊」地慘叫一聲。

羅開懷向朱宣文求救：「皇上，你快叫戴公公放了她，她是我請來的朋友，不是刺客。」

朱宣文朝 Dave 使了個眼色，Dave 手上便似乎鬆了鬆。

「她是你的朋友？」他悠悠然問，「可你剛才明明對朕說，她是刺客，難道，你和她是一夥的？你也是刺客？」

「不是，不是！」她急得直擺手，這個精神病可比正常人都難對付，倉促間她也想不到說辭，再看一眼桃子痛苦的樣子，索性直說了。

「這都是臣妾的主意，臣妾不忍皇上為社稷操勞，有心勸皇上退位，便請來這位朋友幫忙，本想上演一場行刺的戲，讓您感到做皇帝危險，知難而退，誰知竟然遇上真刺客。」

他點了點頭，像是很滿意她的誠實。

她忽然腦筋一轉，想到這可真是天賜良機，忙又說道：「所以皇上您看，做皇帝實在是很危險，不等我演戲，就已經有人要殺您了呢。」

「這麼說，你認為朕是個昏君，所以百姓都排著隊來殺朕？」

「那倒不是，臣妾只是想勸您放下權力牽絆，做個幸福的普通人而已。」

「如此說來，愛妃有心了，朕該謝謝你。」

她心裡虛虛地擺擺手：「呃，不用，不用謝。」

「不過方才那些，只是你的一面之詞，那位姑娘是否有罪，還要待查證後再定。」

「啊？」

他似乎很喜歡她這大驚失色的樣子，一邊賞玩她的表情，一邊說：「戴公公，把嫌犯押入監牢，留後待審。」

Dave 乾脆地應聲，押著桃子扭身向外走去。可憐桃子哇啦哇啦地大叫，叫聲終歸是越來越遠。

羅開懷痛苦地閉了閉眼，就知道這精神病不好對付。

「愛妃，你今夜擅放外人入宮，又犯下欺君之罪，該如何處置呢？」

「啊？我？」她一愣，原本正想著怎樣救出桃子，誰知轉瞬就自身難保了，「皇上，我……這也都是為了您好啊。」

朱宣文向桃子的聲音消失的方向望瞭望，像在詢問「你是喜歡喝甜豆漿還是鹹豆漿」似的問：「你看，是你自己走去監牢，還是朕命人押你過去呢？」

她一愣，旋即交替用可憐、驚訝、傷心、失望、痛苦、「你怎麼捨得」的眼神看向他，最後終於揉了揉酸痛的眼睛，低頭說：「還是我自己走去吧。」

3

「監牢」其實是一間臥室改成的儲藏室，裡面桌椅床鋪都不缺，看樣子也是經常有人打掃。羅開懷甚至在櫃子裡找到一床嶄新的被子，這讓她又驚又喜，被「收監」的鬱悶也化解了許多。

不過這感嘆也就持續了一秒，下一秒，棉質的被面觸在鼻尖，散發出織物特有的馨香，一瞬間便喚醒了她體內深藏的疲憊。原本就是大半夜，又折騰這麼久，此刻全身每個細胞都打起了哈欠，她一個懶腰直接撲到床上，閉眼許久才又睜開，看向桌邊做凝思狀的桃子。

「快來呀，寶貝，」她懶懶地說，「你還等什麼呢？」

說完又覺得這話好像不大對勁。

桃子果然皺眉朝她看過來，不過似乎不是為了她這句話。

「朱家有問題，你沒發現嗎？」

問題……羅開懷轉動吱嘎作響的腦袋，想了一會兒，咧嘴說：「這太正常了，從我到朱家第一天起，他們家問題就沒斷過，你這是剛來，適應適應就好了。」

桃子一聽，立即面朝她揚眉問：「你是說，你到他們家第一天就發現有問題？那你為什麼不早告訴我？」

「不是你想的那樣，不是犯罪。」羅開懷慵懶地擺著手，把 Dave 怎樣裝神弄鬼騙她走的事說了個大概，「依我猜呢，應該是和朱宣文的身份有關，他是 TR 集團新繼任的董事長，一定是 TR 集團有人不想讓他回公司，新君即位嘛，總是要動到一些人的利益，所以那些人就不想讓他的病治好，還派了 Dave 在這裡守著，心理醫生來一個嚇跑一個，來一個嚇跑一個……」

她邊說邊用食指比劃著，樣子十分滑稽。

「可惜他們沒想到，第一個就碰上我這麼膽大的，沒嚇跑，哈哈哈哈。」

桃子思索著點了點頭：「這個動機成立，所以他們見嚇不走你，就動了殺機，今晚這兩個殺手就是他們所派。」

「那還不至於吧，」羅開懷漸漸也沒了睡意，索性坐起來，抓著被子抵住下巴，「裝神弄鬼和殺人，差別可大著呢，那些人再怎麼不想讓他回公司，也不至於殺人吧？一旦被查出來就是死罪，也太冒險了。」

桃子冷哼一聲：「如果你見過足夠多的犯罪，就會明白人性中的貪婪一旦被觸發，會引發多大程度的惡。有時候蠅頭小利都會引發命案，何況是 TR 集團這麼大塊肥肉。」

桃子說話的時候面色冷峻，不自覺帶出女警風範，這讓羅開懷也不由得脊背發寒。

可是發寒歸發寒，桃子是出門逛趟街都想抓幾個扒手的主兒，她的職業病已經發展到黑帶九段出神入化無人能與之爭鋒的程度，所以對她的懷疑，羅開懷皺眉想了想，還是搖頭說：「不會的，如果真是那些人派來的殺手，Dave 沒道理救朱宣文啊，起碼不應該救得那麼賣力，可你看他剛才，明明是拚了小命救人的樣子。」

這麼一說，她又不禁感嘆Dave竟然是會功夫的，緊接著腦中靈光一閃。

「啊！我知道了，那兩個人一定是Dave找來的，我能找你演戲，他就不能找別人？一定是他發現了咱們的計謀，將計就計，也給咱們來了這一招。」說著懊惱地以手撫額，「一定是咱們白天露了馬腳，被他發現了。」

「不對，那兩個人招招狠毒，絕對不是在演戲。」

羅開懷回想了一下，也覺得那兩人確實攻勢淩厲，那一刻如果不是她扔了個瓷瓶分散了那個殺手的注意力，只怕等Dave趕來時，再怎麼身手敏捷也來不及了。可是Dave……

「這個朱家太複雜，有些問題恐怕還要回去仔細調查，但有一點非常清楚，」桃子說著站起身，朝她走過來，「這裡太危險，你不能再留在這裡了，必須馬上跟我走。」

「啊？走？」

「我留意過了，門鎖是老式的，不能從裡面撬開，硬闖也勢必會引來注意，我們唯一的途徑就是從窗子逃走，這裡是二樓，下面是草地，綁條床單跳下去應該不是難事，你可以的吧？」桃子說完俐落地看著她。

羅開懷第一次由衷地覺得，自己這個閨密還真是個女警啊。

「可是，為什麼要逃走呢？」

「不逃走，難道你真要在這裡過夜？」

「那有什麼問題呢？這裡床單被褥齊全，不正好適合過夜？也許明天早晨他們就把我們放了。」

桃子用「你的腦子到哪裡去了」的眼神看著她，耐著性子說：「可誰知他們放我們的時候，會不會有別的招數？與其任人擺佈，不如自己主動，現在正是我們爭取主動的時候，晚走一分就多一分變數。」說著伸手過來拉她：「快跟我走。」

羅開懷卻往後縮了縮。桃子投來疑惑的目光。

「要走你走，我在這裡有工作，我得留下來。」

「什麼時候了你還提工作？」桃子訝然，「你知道這裡有多危險嗎？今晚如果不是碰巧我在，你可能連命都沒了，哦不，也許他們會留著你，把殺人罪名嫁禍到你身上，到時候你以為你能說清楚？」

羅開懷低下頭，揉弄手裡的被子：「哪有那麼誇張？你這想像力太過了吧。」

「這不是想像。」

「就算你說的是真的，可他們剛剛失敗一次，總不會立刻就發動第二次吧？再說我是代表診所來工作的，現在病人還沒好，我說走就走，傳出去會影響診所聲譽的。」

桃子還想說什麼，動了動脣卻突然住了聲，瞇起眼睛上下審視起她來。

羅開懷被看得心裡發毛：「陶警官，你別這麼看著我好嗎，好像我是個犯人似的。」

「你不走，是不是因為你喜歡上了朱宣文？」

羅開懷一愣，抬頭，看見桃子眼中那種「別試圖狡辯，我們已經掌握了所有證據」的光芒。

她停滯一會兒，笑著說：「天哪，桃子，你想到哪去了？我怎麼會喜歡他？」

「不要以為敢盯著我的眼睛看，就能掩飾你的謊言，」桃子目光越發明亮，「心理學我不如你，可我抓過的犯人比你看過的病人還多，有一種心理素質特別好的嫌疑人，撒謊的時候就是你這種表情。」

「你是在說我撒謊嗎？」羅開懷不由得提高了音量，「朱宣文是我的病人，我這點職業操守還是有的，再說以他現在的精神狀態，我怎麼會喜歡上他呢？」說著還把被子一扔，索性跳下了床，雙手叉腰氣鼓鼓地瞪她。

「陡然提高音量，藉以掩飾心虛；肢體動作驟然增多，用以宣洩突然產生的負能量。羅醫生，你自己說，你這個掩飾心虛的反應合格嗎？」桃子說話時仍氣定神閒的，像個成功擊潰嫌疑人心理防線的審訊員。

羅開懷一愣，一下把手放下，想了想，又叉起來：「我不和你說這個，你今天實在是想像力爆棚。你不是要走嗎？窗戶在那兒，你抓緊時間，我要睡了，快走不送。」說著又走到床邊，直接掀開被子鑽進去，被子一下蒙到頭上。

儲藏室的燈光不太亮，照清人的眉眼神情卻綽綽有餘。桃子看著眼前這個素色格子被蒙起的大包，似乎也覺得自己剛才咄咄逼人了，她慢走幾步坐到床邊，斟酌著說：「呃，我也沒說你喜歡他有什麼不對，精神病人也有獲得愛情的自由嘛。」

羅開懷「呼」地掀開被子，睜圓眼睛瞪著她。桃子知道話語有失，連忙又說：「我是說，你就算想替他治病，也不能是現在，等我回去查清楚了，排除了他身邊的危險你再治不遲。」

羅開懷又「呼」地把被子蒙起來，一副「任你說乾喉嚨、我也半句不聽」的架勢。

桃子又動了動唇，一時也不知該怎樣勸動她，她看看窗外，又看一眼腕錶，再過兩個小時天就要亮了。

身上突然傳來手機鈴聲，桃子一愣，也只能先接了電話。

「羅大笑？」

被子一掀，羅開懷露頭看過來。桃子與她對視一眼，壓低了聲音。

「你說什麼？別怕別怕，你慢慢說……好，我會告訴你姐姐，你把地址說一遍，我們馬上趕過去……放心，我們一定會去救你的。」

短短幾句就掛了電話，桃子臉上卻分明現出風雲變幻的神情。羅開懷不敢猜是什麼讓一個精幹女警有這樣的反應，一下從被子裡坐了起來。

「開懷，這下我們必須走了。」

「我弟弟發生了什麼事？」

「他去找工作，結果上了一個傳銷組織的當，現在被控制了人身自由。他現在是趁看守他的人睡了才偷偷打電話，剛才你的電話沒人接，就打到了我這裡。」

桃子一口氣冷靜地說完，羅開懷的腦子卻一下凌亂起來。

「他被傳銷組織控制？怎麼會呢？他……他……他人身安全有沒有保障？」

「那邊看得緊，他不敢多說，不過現在我們必須馬上過去，如果被他們發現你弟弟偷偷求救，只怕沒有危險也變得有危險了。」

「好，都聽你的！」

窗鎖並不複雜，桃子很快就撬開了，羅開懷卻還是覺得好像等了很久。她那個弟弟活到二十幾歲，念書不行，做事不會，平生最大的本事就是把好好的事情搞砸，現在被騙入傳銷組織，能知道打電話求救已經是奇蹟了，她真擔心他掛了電話，會不會一轉身就被人發現。

萬一那些人……哦，天哪，哦，天哪！

「桃子，綁好了沒有？」

「好了，你先跳。」

桃子把床單和窗簾繫在一起，一頭綁在桌腿上，桌子上又壓了個結實的實木衣櫃。

羅開懷向下看了看草地，閉了閉眼，一咬牙跳了下去，突然頭上傳來桃子的叮囑聲：「記得用腳蹬牆面！」

可是已經晚了，羅開懷只覺手掌火辣辣地疼，體重也陡然重了好幾倍，手臂承受不住，手一鬆，整個人結結實實摔在草地上，脊背陡然傳來一陣劇痛，腦中剎那間擔心自己會不會就此癱瘓。

她試著動了動腿，欣慰地發現還能動，又撐著身子坐起來，稍稍伸展了一下，嗯，是真的能動。

緊接著便又是「噭」的一聲，桃子身手輕盈地一腳踩在她小腿上，帶來一陣更大的痛。

「開懷，你沒事吧？」

「你看我像沒事嗎？」

桃子不好意思。

「我看你摔下來就一動不動，想趕緊跳下來看看，都算好距離了，誰知你又突然挪動了位置。」

「你算得可真準呢！」

「警校練過，我成績很好的。」桃子說完大概發現跑題了，又趕緊問，「你怎麼樣？能走嗎？」

羅開懷強撐著站起來，牙縫裡擠出一個字：「能。」

4

更深夜濃，園中花木籠在墨色中，偶有零星蟲鳴，更顯寂靜。樓上儲藏室投下一點光亮，她們連呼吸都小心收著，輕手輕腳向後院小門走去。小門那邊牆不高，使使勁就能翻過去。

才走幾步，忽見前方立著一個人影。她們猛然定住，緊接著又聽「啪」的一聲脆響，像是手掌拍在臉上的聲音。

羅開懷定睛看去，見正是Dave一巴掌拍在自己的臉上。她心裡暗叫不好，不過還是被Dave這舉止驚訝到了，大半夜的何苦在這裡自扇耳光？

Dave疼疼地把手挪開，又皺著眉捏著個什麼丟出去，拿出手帕在臉上擦了擦，這才朝她們倆翻了個白眼。

「你們兩個動作怎麼就這麼慢？不就是跳個窗嗎？害我等這麼久，大半夜的在這裡餵蚊子。」說著又「啪」的一聲，拍在另一邊臉上。

羅開懷琢磨著他的意思，試探地問：「所以，你是想幫我們出去？」

「開玩笑！想放你們，我還在這裡等著幹什麼？」

那倒也是。

「那你這是……」

「少爺料事如神，知道你們必定從這裡逃，所以特命我來守著。」Dave說著打了個哈欠，蘭花指一擺說，「行了行了，現在人也抓到了，咱誰也別折騰誰，都回去歇著吧。」說著便扭動腰身往回走去。

羅開懷看了眼桃子，桃子對她搖搖頭，對Dave說：「這位先生請等一等，我是羅醫生的朋友，今晚出言不遜得罪了，還請您見諒。」

Dave停了腳步，回頭露出「這還差不多」的神情。

「我們逃走，也是有不得已的原因，情況緊急，還請您行個方便。」

「是的，Dave，你放了我們吧，我保證處理完家裡的事馬上回來。」

Dave聞言想了想，糾結地看向她們：「急事啊？」

「嗯嗯。」

「成，我就答應你們，一會兒見到少爺替你們說幾句好話。」

「Dave！」羅開懷已經沉不住氣，「我是真有急事！」

「我也是真心幫你啊。」

羅開懷見說不通，索性拉上桃子硬闖，但是桃子確實技不如人，她自己就更別說了，三兩下就被Dave一手一個地制伏。

「知道有急事，還在這裡浪費時間？」Dave不徐不疾地說，「著急就快點跟我去見少爺。」

5

燈火通明，朱宣文還穿著剛剛那件淺灰色睡衣，坐在迎客廳正中的花梨木椅子上，漫不經心地刮著茶。

「被歹人騙了去？」他瞥她一眼，淡淡地說，「愛妃不必驚慌，朕自會派人救出國舅。」

羅開懷急得頭頂冒火，不過還是吸取剛剛的教訓，沉聲說：「臣妾家事，不敢勞煩皇上，臣妾和友人同去就好。」

「既是歹人，愛妃金枝玉葉豈可與之周旋？」說著又看了看天，「況且又是這等深更天，愛妃一介女流，著實不宜拋頭露面，這件事就交給朕處理吧。」

交給你個神經病！她深深吐吸，又環視一眼四周，視線落在近旁一把裝飾短劍上。

「皇上，臣妾姐弟情深，此事恕難假手於人，還請皇上見諒。」

「朕意已定，愛妃不要再說了。」

他說罷放下茶碗起身離席，以示這事再不容商量。羅開懷盯著他漸漸轉開的背影，迅速朝那短劍靠去，劍身雖不鋒利，好歹也能比劃幾下，時間緊迫，也只能冒險一拚了。

誰知手還沒觸到劍身，就覺腰間被人一把撈住，接著整個人被扳過來，抬頭正對上朱宣文那張近在眼前的臉。

「你對朕，就這麼沒信心？」

她不甘心地又看一眼那柄劍，憤憤然瞪著他：「你若是想幫我，就立刻放了我！」

「我不放，才是幫你。」

「你這個神經病！」

她又踢又掙扎，結果卻只是被他箍得更緊。

「歹人作惡，無非針對人性中的弱點。你弟弟被騙，說明他物欲膨脹，是為貪；識不破歹人的騙局，說明他智慧不足，是為蠢。又貪又蠢，你這弟弟，與其十萬火急把他救出來，倒不如讓他經歷一番教訓，於他而言，也是人生收穫。」他一口氣說完，薄唇微抿，眼中一抹得意神色，「這個，才是對他真正的幫助。」

羅開懷快要被他氣瘋了，上身被箍緊，就用雙腿拚命亂踢，踢著踢著陡然見他神色一緊，好像被踢疼了哪裡，痛苦難忍的樣子。她心中一陣狂喜，暗想再補幾下也許就可以掙開他逃走了，誰知下一秒就被他反擰雙手橫抱而起，緊接著大步離開迎客廳。

「神經病！放開我！朱宣文，你這個超級大神經病！」

任她叫破喉嚨，他也腳步不停，她又向桃子求救，卻絕望地發現桃子正被 Dave 像貓捉老鼠一樣地逗弄著：桃子向左，Dave 就向左；桃子向右，Dave 又向右；桃子借力躍過一個屏風，一抬頭又見 Dave 攔在眼前。

「桃子，救我！」羅開懷在自我安慰一樣的呼喊中，眼睜睜看朱宣文抱著自己走向樓梯，走上二樓，最後將她扔回半小時前的那間儲藏室。

「這裡的床很舒服，好好休息，天亮前還能再睡一會兒。」

他說話的樣子很溫柔，聲音也很溫柔，兩隻眼睛像蔚藍大海一樣深情地看著她，只是身體把她緊抵在牆邊，一隻手臂橫擋在她頸前，令她稍一動彈就會咳嗽連連。

「朱宣文，我一定是瘋了才會接下你這份工作！」羅開懷感到自己馬上就要爆炸了，什麼也不再顧忌，信口亂叫起來，「你這種神經病簡直就無藥可救！沒有哪個心理醫生能治好你！你就等著關在精神病院裡一輩子吧！」

他卻不急也不惱地看著她，好像她才是那個無藥可救的瘋子。

「愛妃今日關心則亂，欺君之罪，朕暫且按下不計，」說著又看看窗外，「無論如何，朕保證，天亮之前一定救出令弟。」

「你保證，你拿什麼保證？」

「整個天下都是朕的，朕想救一個人，還怕救不成嗎？」

「神經病！瘋子！」

她拚盡全力想要掙脫，卻被他更緊地抵住脖子，發出一陣劇烈的咳嗽。

他終於鬆開了手臂，看她一眼，轉身向外走去。她撫著脖子快步跟上，卻見他走到門口又迅速轉身站定，她腳下一個沒收住，差點撞到他身上。

他定定看著她，唇畔挑起一點戲謔的微笑：「這麼捨不得朕離開，是想要朕今晚留下來陪你嗎？」

嚇得她急忙後退：「不用，我一個人就好。」

他的笑意更深了些，嚇得她毛骨悚然，更加連連後退。他很滿意似的點了點頭，轉身大步離去，不待她驚魂平復，房門已經關上，傳來上鎖聲。

羅開懷環視了一眼這間不久前剛剛逃出去的屋子，窗子還開著，窗簾狼狽地垂在窗外，風從視窗吹進來，像在發出得意的嘲笑。

一陣怒火攻心，她狠狠地踢向腳邊櫃子，腳趾立即劇痛，她抱著腳，齜牙咧嘴地蹦到床邊躺倒，腦中不知怎麼一下想起桃子剛剛那句話：你不走，是不是因為你喜歡上了朱宣文？

神經病才會喜歡那個瘋子！

「啊——！」

6

桃子一腳鉤起木架上的古琴，雙手抱著扔向Dave，Dave接住，攻勢便緩了一拍。桃子趁機跑向門口，眼看就要出門，卻又被Dave貼地扔回來的古琴絆住，整個人頃刻摔趴在地。Dave拖住她的腳，從從容容地將她拉回屋內，好像是從一開始就算好了的，既不早一分鐘拉，也不晚一分鐘拉，偏等這一刻出手，存心戲弄她。

桃子氣極，奮力踢開他跳起來，卻被他一臂撈回，兩下就重新按趴在地上。

「這位警官，你不要以為自己是員警，就小看我們這些民間高手哦。」Dave得意揚揚地說。

桃子聞言一驚，奮力轉身，一句「你怎麼知道我是員警？」湧到喉嚨口，卻終究忍住了。

Dave失笑地搖一搖手：「別慌，小員警妹妹，我可沒調查過你，你的身份嘛，從功夫就看出來啦，正統有餘機變不足，一看就是警校裡教出來的。」

桃子哪裡肯信？「你從我的功夫就能看出我是個員警？」

「一般人當然是做不到啦，不過對我這種天賦異稟、學貫武林，又自幼浸淫在功夫世界裡的人來說，就實在是太簡單了，啊哈哈哈哈……」

Dave發出一陣近乎魔性的笑聲，像走火入魔的武功高手沉浸在自己無上愉悅的內心世界中。

「戴公公！」朱宣文突然站在門口喝道。

笑聲戛然而止，Dave 立即換上一臉恭肅：「皇上。」
「放了她。」
「是。」
Dave 按住桃子的手頃刻一鬆，整個人彈簧般彈了起來。他的動作太快，倒是桃子趴在地上一時沒反應過來，緩了一會兒才確定自己是真的恢復了自由，急忙撐地站起來。
桃子警覺地看看朱宣文，又看看 Dave，慢慢移動腳步，朝羅開懷之前沒碰到的那把短劍挪去。
「那把劍只是裝飾物，並不能傷人。」朱宣文淡淡地說，「即使是真劍，你沒練過劍法，拿到了只怕也沒什麼用。」
桃子思忖片刻，咬著唇憤憤地放棄那把劍。
「這位姑娘請放心，你既是羅妃的朋友，朕便不會害你，剛剛將你二人關進監牢，只因宮中規矩不可破，擅闖宮門、假扮刺客，無論如何都要懲戒一二。」
這話讓桃子有些意外，想了想問：「這麼說，你並未真正怪我們假扮刺客？」
「你們此舉雖然過激，但並無惡意，朕原本也只想將你們關至天亮便釋放。」
「既然是這樣，開懷……羅妃家裡突發急事，你為什麼就不能變通一下？」桃子到底不是羅開懷，雖也明知朱宣文有妄想症，但還是無法自然地把他當皇上對待，「現在她弟弟還在歹人手中，晚一分鐘營救就多一分危險，你難道全不在乎嗎？」

「姑娘說的哪裡話？」朱宣文倒對她的態度不以為忤，「國舅也是朕的子民，子民有難，朕豈會不在乎？只是羅妃金枝玉葉，此刻又情緒激動，貿然前去只怕徒增危險。就算姑娘你身手敏捷，在歹人堆中只怕也難以護她周全吧？」

桃子一愣，猛然想起剛剛被 Dave 攔著救不到羅開懷的情形，雖說傳銷窩點未必有 Dave 這麼厲害的角色，可是勝在人多，萬一真有個衝突，她還真未必護得了她，更別提救她弟弟了。

這個精神病，想得倒挺周到。

桃子轉念一想，又說：「這個你不必擔心，我可以叫上隊裡……衙門裡的朋友同去，到時不但能救出人，也許還能順便端掉一個歹人窩點。」

「啊哼哼哼哼，」Dave 在一旁搖著腰肢竊笑，「你是說衙門裡的同事嗎？」他故意把「衙門」二字咬得特別重。「恕我直言，只怕你這邊剛剛通知，那邊就連人帶窩都不見了，到時你別說是救人，恐怕連隻蒼蠅都救不出來。」

分明是在譏諷警匪一家，桃子什麼都能忍，唯獨這句忍不了，當下怒道：「你說什麼？」

「忠言逆耳，我也是實話實說。」

「信不信我告你誹謗，拘留你？！」

Dave 還要還嘴，朱宣文適時給了個眼色，又勸桃子道：「姑娘息怒，朕有個主意，不知姑娘中不中意？」

中不中意還不都得聽你的？桃子暗哼。「什麼主意？」

「此事交給戴公公全權處理如何？」

他？桃子翻了個白眼看向 Dave，看著看著卻是眼中一亮，一瞬間只覺像打通了任督二脈，整個人都清明起來。

Dave 這身功夫，保守估計也相當於十個自己，他若肯去，當然是最好的。只是，他會盡心救人嗎？

「戴公公，朕將此事交給你，你能否保證天亮之前將人帶回？」

Dave 撲通跪倒：「皇命在上，奴才定不辱命！」

還真是像模像樣。桃子看一眼腕錶，又小半個鐘頭過去了，暗想難得朱宣文鬆口，還是先走為上，便說：「有戴公公協助當然再好不過，事不宜遲，咱們快點。」

「姑娘且慢。」朱宣文卻又攔住她，「此事戴公公一人足矣，今夜羅妃情緒激動，姑娘就留下來陪伴羅妃如何？」

桃子正要發作，卻被這後半句一下點醒。她抬眼向樓上方向看去，上面仍不時傳來羅開懷的拍門喊叫聲，且不說今夜留她在這裡會把她急成什麼樣，就說把她和朱宣文單獨留在這大宅裡，她也是不放心呢。

可是如果讓 Dave 一個人去……桃子向 Dave 看去，垂眸片刻，又抬眼看著朱宣文，說：「我們就以天亮為限，如果到時戴公公不能帶人回來，我是無論如何都要走的，你這皇宮禁地也攔不住我。」

「姑娘巾幗豪傑，朕十分欣賞，就依姑娘之言。」

寬廳明燈下他的笑容十分奪目，竟然真有些天子風範，桃子忍不住多看了他兩眼。剛才猜測羅開懷有幾分喜歡他，如今看來，這幾分所占的比重，只怕不少呢。

7

「那個瘋子的話，你也信?!」

羅開懷通紅著雙眼，頂著一頭可以為咖啡品牌代言的頭髮，雙手在空中半握著，似乎想要抓住些什麼聊以慰藉。

「開懷，你先別這麼緊張，其實我覺得他還蠻靠得住的。」

「他腦子有病啊!」

「他除了精神不正常，別的方面還是蠻正常的。」這句說完，似乎連桃子自己也覺得實在難以安慰人，只好又搜腸刮肚地想詞，「起碼，Dave 腦子沒毛病。」

「難說!」

羅開懷又開始抓頭髮，來來回回地在房間裡疾走。其實自她剛剛見到桃子也再次被關進來起，就知道她們今夜沒戲了，原本盼望和桃子孤注一擲再逃一次，誰知桃子竟然也被那傢伙灌了迷魂湯，相信他會派 Dave 去救人。

「開懷，你先冷靜，現在離天亮也就剩一個多小時，我跟他說好了，如果到時 Dave 不帶著人回來，我就叫來警隊裡的同事，無論如何都衝出去。」

「那為什麼不是現在？對，就是現在，就說我們被非法拘禁了。」

桃子猶豫著：「我是覺得吧，Dave 把人救回來的可能性很大。」

「啊——！」

一會兒被櫃子絆到，一會兒又撞到桌子，儲物間裡東西多，不多時，羅開懷身上已經是青一塊紫一塊。或許是身上實在疼痛難忍，又或許是天亮前最疲倦的時刻來臨，她疾風似的腳步放緩，最後終於停在了一把躺椅旁。

「桃子，你說 Dave 真能在天亮前把我弟弟救回來嗎？」

「一定能！」

羅開懷長嘆了嘆，疲憊地坐到躺椅上。

當第一抹光亮沖淡夜的濃黑時，院門口突然傳來一陣狗吠聲。羅開懷煩躁地捣住耳朵，不過緊接著又放下手，不敢相信地看向桃子。桃子對她點點頭，眼中露出同樣的喜悅——小白只有對陌生人才會大叫！

她一躍跳下躺椅，跑到窗邊伸長脖子。看不見大門口的情形，只聽到小白叫得越發激烈，還有被嚇得鬼哭狼嚎的熟悉男子聲。

「大笑！羅大笑！」

男子好一會兒才聽到，一聽到就哭喊著朝這邊窗下跑來：「姐，救我！啊，救我啊——」

羅開懷飛快地返身跑向門口，奮力拍門：「放我出去，放我……」

門突然開了，她一個跟蹌撞在開門的男子身上。她瞥他一眼，什麼也顧不得說便向外跑去，只是跑了兩步又猛然停下來，躑躅片刻，返身回到他面前。

「那個，對不起。」

「愛妃何出此言呢？」

「我剛剛，衝撞了你。」

朱宣文淡淡一笑，出色的五官在曖昧的晨曦中閃現一抹撩人的驚豔，羅開懷心跳一頓，急忙垂下眸去。

「甫一開門就有美人入懷，實是今晨第一幸事，愛妃不必介懷。」

「呃，還有，我弟弟的事還要謝謝你。」

「朕說過會將令弟安然接回，君無戲言，愛妃現在可是信了嗎？」

她忙不迭地點頭，忽然想起燈火通明中他坐在花梨木椅子上，一邊刮著茶，一邊說：既是歹人，愛妃金枝玉葉豈可與之周旋？他還說：朕保證，天亮之前一定救出令弟。

胸中忽然有充盈的感覺，好像前所未有，卻又萬分熟悉。

「皇上金口玉言，臣妾信了。」

像有一點光彩忽然點亮他唇角，那光彩一點點、一點點地漫上來，直漫到他眼睛裡。

「令弟已經在樓下等著，快去吧。」

她愣了一愣，這才想起這件事。真是奇怪，不過幾句話的工夫，她竟然把擔憂了一整晚的事情忘了個一乾二淨。

8

羅大笑已被Dave帶至了迎客廳，手裡正拿著朱宣文常用的那把茶壺，眼睛又盯在一隻琉璃花瓶上，剛放下了茶壺，又被雕工細膩的屏風吸引了去，跑去一扇一扇地撫摸著，恨不得全身上下都長滿眼睛，把這屋子裡裡外外看個夠。

「羅大笑！」

羅開懷在屏風旁站了許久，終於忍不住，斥責道：「誰叫你亂動人家東西的？」

羅大笑猛然回頭，這才發現姐姐已在自己身旁。「哎喲，姐你嚇死我了，你怎麼走路都沒聲啊！」說罷定睛看了看羅開懷那身復古衣裙，眼睛發亮地問，「姐，這是什麼地方啊？片場嗎？你不當心理醫生，改拍戲啦？」

「我的事不要你管，這是別人家裡，不許亂動人家東西。」

羅大笑揉著後腦勺，縮著脖子「哦」了一聲，嘀咕著：「一見面就這麼凶，比那幫人還凶，早知道不回來了，乾脆留在那邊受罪。」

羅開懷一聽「那邊」，不由得又一下子心軟，扳過弟弟的肩膀緊張地看上看下：「你們是怎麼逃出來的？受傷了嗎？過程還順利嗎？」

「順利得不得了！」羅大笑說著就眉飛色舞起來，幾步跑到 Dave 身邊，「多虧這位大哥功夫好，那幫孫子起先看就來了一個人，本來還不想放我，結果大哥一出手，就見滿屋子嗖嗖嗖、乒乒乓，我都沒看清大哥是怎麼出手的，人就已經全趴地上了。後來我們倆走的時候，那幫人連眼皮都沒敢抬一下。」

羅大笑一邊說，一邊又向 Dave 投去崇拜的目光。Dave 被誇得春風得意，下巴都抬高了幾分。

羅開懷半是愧疚，半是感謝地點了點頭：「Dave，謝謝你。」

「謝字不敢當，」Dave 陰陽怪氣地說，「您別罵我，我就知足了，快好好瞧瞧您這寶貝弟弟，別回頭發現少了根汗毛，又怪到我頭上。」

和Dave的積怨的確不是一兩句就能化解的，羅開懷沉默片刻，只好又去查看羅大笑。

「他們有沒有虐待你？這幾天有沒有打過你？」

「打倒是沒有，就是逼著我騙人，」羅大笑嬉皮笑臉地說，「你弟弟我雖然好吃懶做，但是品質好啊，而且腦子機靈，一直跟他們兜圈子來著，也沒受什麼罪。」

「還說自己機靈，機靈會上人家的當？」羅開懷嘴上數落著，臉上卻總算不那麼緊繃了，「以後多長點心，找工作的時候踏實一點，不要再像這次一樣被人騙，記住了嗎？」

誰知一聽找工作，羅大笑馬上哈哈大笑起來，連連擺手說：「No，No，No，姐，我以後再也不找工作了，那都是沒本事的人養家糊口才幹的。就在剛剛，我已經找到了一個能充分發揮我才華的生財之道。」

羅開懷一聽又警覺起來：「你又上了什麼人的當？」

「咱爸！」羅大笑得意地說，「你覺得咱爸能騙我嗎？」

本來問的時候，羅開懷還抱著一絲自欺欺人的幻想，但聽到「爸」這個字眼，那僅存的一絲幻想也破滅了。

「你要跟爸做什麼？」

「哎喲，姐，看你那緊張兮兮的樣子，」羅大笑嗤之以鼻又雄心壯志地說，「我跟著咱爸，當然是學炒股啦！剛剛回來的路上，我跟爸報平安，結果你猜怎麼著？爸說他前幾天買的一隻……叫什麼集團的股票，嗖嗖嗖地猛漲，幾天的工夫已經翻了快一番了，這樣下去，不但欠的債能還上，還能賺一大筆呢。」

「所以你就要跟著他炒股？」羅開懷簡直肺都要氣炸了，「羅大笑，別人不知道咱爸，你還不知道嗎？這麼多年他股票炒成什麼樣，你還要跟著學？你年紀輕輕，工作謀生這種事，怎麼能放在炒股票這虛無縹緲的東西上呢？」

「姐你先別急嘛，」羅大笑也不高興了，「怎麼我還沒開始做呢，你就滅我志氣？咱爸以前賠得多是不假，可那不是交學費呢嗎，現在學成了，你看怎麼樣？一出手就戰績驚人！我要是跟爸學成了這個，以後那就剩下在家數錢了，姐你得支持我。」

羅開懷氣得無話可說，剛開始見到弟弟的喜悅蕩然無存。羅大笑說到關心的事，心思也一下子飛出老遠，看了眼時鐘，算計著開盤之前得趕回家，匆忙提出告辭。羅開懷也不留他，站在原地送也不送，還是Dave念及他怕小白，提出可以送他出門。

桃子一直默默站在門口，此時走到她身邊，拍了拍她的肩膀，想安慰些什麼，卻終究什麼也沒說。她的家庭她太了解了，因為了解，所以無話可說。

待到把桃子也送走，羅開懷獨自走回小樓，途經人工湖上的小橋時，這一夜的疲倦排山倒海般壓來，壓得她有些站立不穩。她扶著橋欄，一低頭，看見水中一個疲倦的倒影。

羅開懷，你什麼時候才可以不用這麼累？
石橋下方忽然又多了一個倒影，那倒影佇立片刻，也慢慢上了橋，默默立在她身後。
「你弟弟平安獲救，你卻好像不大高興？」
他的語氣裡少了幾分皇帝的腔調，不知是否也是因為疲憊。
她嘆了嘆，凝視著水面說：「我在想，或許你之前說得對。我弟弟那種人，也許不救他，讓他吃點苦頭，對他而言才是真正的幫助。」
「你現在明白這個道理，也不晚。」
「可是我明白又有什麼用呢？要他明白才行啊。」她又嘆了嘆，忽然轉過身，看著他的眼睛問，「你相信命運嗎？」
他一愣：「為什麼這麼問？」
「是不是每個人的命運，從一出生就是注定的？所以我們每個人，無論這一生遇上誰、做什麼，最終的結局都不會變？所謂命運，就是從一個既定的起點，走向一個既定的終點，哪怕那個終點是萬丈深淵，有人拚命地想拉你脫離，可命運終究是命運，什麼都改變不了。」
她說完默默地垂下眸，並不要求他回答似的，轉身，茫然地凝視水面。
一雙手蓋住她雙肩，掌心傳來暖人的溫度，她一顫，向他側了側頭。
「我相信每個人都有自己的命運，你只能掌握自己的，卻無法控制別人的，有時你可以幫他走一步路，卻無法代替他走接下來的每一步。」

他的聲音前所未有地溫柔低沉，似乎有種舒緩疲憊的魔力，讓她想要將身子向後靠一靠，哪怕一時半刻也好。

「比起命運，我更相信緣分，」他接著說，「不管命運是否能改變，我相信人和人的相遇，必然有他們相遇的因由。」他把她扳回來，凝視著她問：「你呢？你相信嗎？」

他迎著光站在晨曦裡，晨光把他的面容渲染得登峰造極，那雙眼睛散發出迷人得要命的光芒，偏又一眨不眨地盯著她，叫她竟然忘了他在問什麼。

只不由自主地輕喚：「皇上。」

他似乎很滿意這個回答，眼中躍入一點喜悅，那喜悅漸漸漫開在臉上，笑容比晨光更明媚。他輕摟她入懷，吹來一陣晨風，帶起桂花香，還有他身上晨曦一般迷人的味道。

忽地似乎記起來了。

他剛剛問什麼？相不相信人和人的相遇，有必然的因由？我可以說我相信嗎？

第五章　出街「巡遊」

「奉天承運，皇帝詔曰，今日帝、妃同遊，凡百姓有購物者，皆由天子付帳，以示君恩。欽此。」

1

「少爺，據我估計，那個羅醫生應該是被人當槍使了，她大概不知道藥裡有毒，也不知道自己扮演的角色。」

朱宣文用「這用你說」的眼神看向他。昨晚如果不是她用那個瓷瓶砸向殺手，那麼此刻，他大概已經不能坐在這間書房裡了，如果她想要他死，昨晚實在是太容易，可她偏要冒險救他。

Dave站立一旁，揣摩著朱宣文的神情，又說：「還有那個女警，應該也沒有別的目的，就是被羅醫生請來幫忙而已。」

朱宣文露出「這就更不用說了」的無奈眼神，良久，見Dave真的不明白，只好直說：「我問的，是那兩個真正的殺手。」

Dave恍然大悟地「哦」了一聲，想了想說：「那兩個人訓練有素，可惜功夫一般，從招數來看，應該不是師承國內的門派，很可能是從東南亞請來的殺手。」

朱宣文點了點頭：「很謹慎，是二叔的風格。」

「應該是羅醫生的藥遲遲不見效，二老爺坐不住了，一招不成又生一招。」Dave面露擔憂，「少爺，他這回，恐怕是不取了您的性命不甘休了。」

「目標清晰而堅定，又有大膽執行的氣魄，不愧是我們朱家的子孫。」

「少爺，您還有心思開玩笑？」

「我沒開玩笑啊。」朱宣文雖這麼說著，卻還是笑了起來，「可惜二叔他氣魄有餘，計謀不足，不是下毒就是暗殺，手段和他的年紀一樣老。這第二招也受了挫，估計他暫時也想不出別的招數。」

Dave認真思考了一會兒，大概覺得如果再派殺手的話，再多加幾個他也能對付，終於稍稍放下心來。

「那我們要不要反擊一下？至少滅滅他的氣焰，讓他以後不敢亂來。」

朱宣文從椅子上站起來，緩步踱了一會兒，還是回到書桌邊站下了。

「既然已經決定不和他爭，就不要去挑撥他那根脆弱的神經，希望時間久了，他會明白。」

Dave點頭嘆了嘆，便也不再多話。

2

晚餐仍是沒有傳膳。

這幾天朱宣文似乎迷上了羅開懷的手藝，每餐都指定要她做，而對早就習慣照顧一家人三張嘴的羅開懷來說，這簡直太輕鬆，更何況此舉有利於朱宣文的病情恢復，所以她一日三餐都樂此不疲。

或許是她的手藝的確不錯，這天晚上三人又吃了個盤底見光。羅開懷服侍朱宣文吃下藥，接過水杯時，轉身看見 Dave 正在美滋滋地舔一個盤底上的醬汁，不由得笑了出來。

Dave 聞聲抬頭，不好意思地放下盤子。

羅開懷笑著遞過一塊剩下的麵餅：「蘸一蘸再吃，味道更好些。」

「哎！」Dave 高興地接了，正要蘸，一下臉更紅了，撓了撓頭說，「我就是想先舔乾淨了，待會兒洗盤子好洗。」

自從經歷了昨晚的一夜驚魂，她和 Dave 之間就有了微妙的緩和。以前她覺得 Dave 一定是什麼人派來的內奸，可昨夜卻親眼見到他毫不猶疑地保護朱宣文，那分明是十足的忠僕模樣，這讓她原來的想法不得不打了些折扣。加上 Dave 之後又賣力地救出她弟弟，她自然是對他心存感激的。

不知是不是也出於類似的想法，這一整天，Dave 對她也明顯好了許多。

羅開懷笑著，忽然眼珠轉了轉，說：「戴公公，一會兒你洗盤子的時候，我也去幫幫忙吧。」

「哎喲，那怎麼好意思？您可是娘娘呢。」

「沒關係，反正我剛好也沒別的事。」

「戴公公，羅妃一片好心，你卻之不恭，就接受了吧。」朱宣文難得地沒擺皇帝架子，端著一杯餐後茶，倚在桌邊悠悠然地說。

Dave 先是愣然，緊接著「哦」地回過神過來，連連點頭：「那就先謝過娘娘了。」

羅開懷忽然有種被看穿心事的感覺。她小心翼翼地朝朱宣文看去，正撞上他射向自己的謎一樣的目光。見她看過來，朱宣文笑意盈盈地朝她舉了舉杯子，什麼都沒說，轉身朝門外走去。

分明是「你和戴公公有事慢慢談，朕不打擾你們」的意思。

作為心理醫生，羅開懷簡直覺得自己遭到了羞辱。不過反正自從來到朱家，被羞辱早已不是一次兩次了，她很快不覺得有什麼了。

Dave 顫巍巍捧著一疊盤子進了廚房，羅開懷眼明手快地跟了進去。

「Dave，救我弟弟那件事，我還沒有真正謝過你，謝謝了。」

「開場白就不用了，羅醫生，」Dave 笑著說，「有什麼話你直說。」

「……」

羅開懷咬了咬唇：「行，那我就直說。是這樣的，這些天，我發現你家少爺的病情比我預想的更嚴重，我對他的治療也一直沒什麼進展，就連給他用的藥，都沒見到藥效。」

Dave 轉過身去，背對著她開始洗盤子：「可不是嗎，少爺身繫整個 TR 集團的未來，卻偏偏得了這種病，羅醫生，這可就得拜託你多盡心了。」

「盡心是我的本分，可是對他的病情，我一直有個疑問不明白，不知你能不能告訴我？」

「瞧您問的，我一定知無不言。」

「我拿到的資料上說，朱宣文是因一場車禍導致昏迷，醒來後就得了這個妄想症，真的是這樣嗎？」

Dave 洗完了一個盤子，慢慢拿到旁邊放好。「是啊。」

推遲回答，說明他在思考。

羅開懷盯著他的背影，繼續問：「可一般的妄想症，發病前都有一個過程，比如被害妄想症，通常是患者確實遭到了傷害，繼而引發聯想，認為有人想害他。可朱宣文不同，像他這種因為一場車禍而引發妄想症的，之前我還從沒見過。你明白我的意思嗎？」

Dave 笑嘻嘻地說：「您是說您缺乏經驗嗎？沒關係，我們信任您。」

……謝謝了啊。

羅開懷想了一會兒，又問：「我是想知道，你們家少爺車禍前，是不是也曾出現過妄想症的症狀？」

「這個，應該沒有吧。」

「應該？」

Dave 洗好了盤子，關上水龍頭，轉過身來說：「我又不是少爺肚子裡的蛔蟲，他心裡想什麼，我哪能都知道？不過那時少爺神志一直很正常，就算有，應該也沒表現出來，要不老董事長也不會把 TR 集團這麼大片江山交給他，你說是吧？」

那倒也是，羅開懷點了點頭。她可以不相信 Dave，卻不能不相信老董事長。那種赤手空拳打下江山的人，絕不會因為疼愛孫子，就把偌大的公司貿然交給朱宣文，他這麼做，只能證明朱宣文車禍前一切正常，不但沒有妄想症，而且還很優秀，是他眼裡值得託付江山的人。

羅開懷嘆了嘆，也許Dave說得對吧，就算他有過妄想症的徵兆，應該也沒有明顯表露出來，別人無從察覺。可如果是這樣，找到病根可就難了。

Dave帶幾分歉意說：「真是不好意思，羅醫生，我是不是沒幫上你什麼忙？」

「哦，不，你已經幫了我大忙了。」羅開懷隨口說，決定還是先從眼前能做的事著手，「我今天找你，最主要是因為我又想到一個辦法，也許對治癒你家少爺的病有幫助，所以特來與你商量。」

「看你說的，還商量什麼呢，你是少爺的主治醫生，要我做什麼，吩咐一聲就是了。」

「這件事我難以獨力完成，希望你能配合。」

「你要做什麼？」

「我想帶他出去。」

「出去？」Dave睜大了眼。

「就是到外面去，離開這所大宅，到商場、公園、飯店、遊樂場，隨便什麼地方，讓外面的現實世界刺激他的潛意識。」

Dave想了一會兒，釋然地舒了口氣：「羅醫生，我還以為你要做什麼呢。這招不行的，你看看咱們倆這身衣服，咱們整天娘娘、公公的陪少爺演戲，還不就是因為他受不了外面的刺激？你那招要是管用，我們也不用把你請到家裡來。」

「你說得沒錯，所以我才考慮勸他微服私訪——換上『番邦』的現代裝，出去假扮『平民』，這樣總不會刺激到他吧？也許他還會覺得好玩呢。」

「這樣啊，」Dave 摸著下巴，「可是，那也得少爺自己答應才行啊。」

「所以我才來找你啊！有你一起勸說，我猜他多半會答應，你看歷史上那些風流皇帝，哪個不喜歡微服私訪的？」

Dave 又皺眉一會兒，還是搖頭：「不行，外面情況複雜，萬一出點什麼狀況，傷著了少爺，我可擔不起責任。」

「隨便逛逛，能出什麼狀況？」

「普通人當然沒問題，可是少爺他不是有病嘛。」

「正是這樣才更要出去呀，」羅開懷有點急了，「不然整天待在這大宅裡，皇上、皇上地叫著，正常人都要得妄想症了，他一個病人不是更加難好？」

「那就是你該操心的事了，反正在我這裡，少爺的安全最重要，別的我什麼都不管。」

「安全，安全，你不把他治好，守著一個瘋子少爺有什麼用？」

Dave 翻著白眼，直接朝廚房外走去，擺出「這個話題我不要再和你談」的架勢。

羅開懷緊追不捨：「你以為把他困在這大宅裡，就是為他好嗎？你看上去是考慮他的安全，其實根本就是不負責任，哦不，是推卸責……」
「任」字裹著一腔怒火，突然卡在喉嚨邊上，打了個轉，又硬生生嚥了回去。餐廳裡，朱宣文正悠悠然地負手而立，看看羅開懷，又看看Dave，好像在說：吵啊，怎麼不吵了？
天啊，他都聽見了什麼？！
她心虛地笑笑：「皇、皇上，您不是出去了嗎？怎麼又回來了？」
「這裡是朕的皇宮，朕當然是想到哪裡，就到哪裡。」他慢悠悠地走到她身邊，目光在她臉上蕩來蕩去，笑著說，「朕想念愛妃，所以就回來看看了。」
她也連忙應景地賠笑。看起來，他應該沒聽見什麼要緊的話。
「你們剛剛在說什麼？朕好像聽見『不負責任』什麼的。」
「呃？」羅開懷猛然扶了扶餐桌，「啊，那個呀，我們在說……」她目光游移，忽然瞥見Dave得意的樣子，靈光一閃，決定將計就計，笑著說道：「我剛剛在說，戴公公身為大內總管，卻不肯專心為皇上效力，實在是太不負責任了。」
Dave果然對她瞪眼睛。
朱宣文也果然好奇地問：「哦？戴公公跟在朕身邊多年，向來忠心耿耿，愛妃何出此言呢？」
「忠心當然不假，可是伺候皇上如果只要忠心就夠，那皇上豈不是只要小白伺候就行了嗎？皇上日理萬機，整日身心疲憊，戴公公卻從未替皇上安排些娛樂活動，臣妾以為，這就是不負責任。」

朱宣文笑了起來：「如此說來，愛妃是在這件事上有些想法了？」

「正是，」她盡力笑得有感染力些，「臣妾以為，近日天光正好，皇上久居宮中，不如出去遊玩一番，感受一下民間百姓的樂趣。」

「出宮遊玩……」朱宣文若有所思地重複這幾個字。

羅開懷盡力勸說道：「皇上有所不知，如今宮外百姓的生活有趣得很呢，您出宮微服私訪，不但可以盡興遊玩，還能體察民情，一舉兩得呢。」

朱宣文仍未說什麼，只是看著她，一邊摸著下巴思忖。

開弓沒有回頭箭，羅開懷看著他的神情，琢磨著該下點猛料引誘一下。

「皇上，您不見自古風流天子都愛出宮嗎？如果機緣湊巧，也許還能遇上個紅顏知己呢，比如那漢武帝與衛子夫、宋徽宗與李師師……」

「行，就依愛妃。」羅開懷還在想例子，朱宣文卻已爽快地點了頭，「戴公公，替朕安排一下，明天一早朕要出宮遊玩。」

Dave 一臉「少爺，您就這麼被她說動了」的神情。羅開懷也是一詫，轉瞬又在心裡翻了個白眼，一聽紅顏知己就動心，您這天子是假的，風流可不假呢。

「不過朕不要微服私訪，」朱宣文說著卻話鋒一轉，抬手很自然地搭上她的肩膀，「愛妃絕色傾城，豈是那些凡香俗脂可比？朕有愛妃一人，勝過擁有天下美女，再不想去找什麼紅顏知己。」

羅開懷肩膀一顫，緊跟著整個人都顫了顫，心裡有塊皺巴巴的地方好像一下子就被熨得妥妥貼貼了呢。

一下又想起他說不要微服私訪。「那皇上的意思是……？」

「朕要以天子身份，堂堂正正地巡遊。」

「……您確定？」

「還要帶上愛妃，讓天下百姓一睹朕與愛妃是如何帝妃恩愛、琴瑟和鳴。」

眼角瞥見Dave幸災樂禍的樣子，羅開懷卻無心計較，只覺身子一晃，急忙騰出手來扶桌子，還沒扶到，又感到肩上一緊，再回神已置身他臂中。

「愛妃，你沒事吧？」

「啊，沒，我沒事。」她掙扎著打起精神，「皇上可是說，出宮時要穿著宮裡這身衣服？」

「正是，愛妃覺得不妥嗎？」

「不妥，大大地不妥，」她急忙擺手，「天子出遊，浩浩蕩蕩，太鋪張了，臣妾還是覺得微服私訪比較好。」

「哈哈哈……」朱宣文朗聲大笑，笑罷目光炯炯地看著她，額頭幾乎快抵上她的額頭。

「朕就是要浩浩蕩蕩，就是要威風凜凜！朕要讓你親眼看到，你的夫君是怎樣地受萬民景仰，你擁有的，是怎樣一個坐擁天下的男人！」

如果不是腦子不清楚，他這番話說出來，不知會怎樣地叫人感動，哦，不，即使是他腦子不清楚，她也還是有些感動的，只是眼下不是感性的時候，她想像了一下他們一行皇上、妃子、太監地走在外面的情形，不由得又是一陣眩暈。

「皇上，您真的不要再考慮一下？」

「此事朕意已決。」

「呃，其實，臣妾傍晚觀天象，覺得明天可能會下雨。」

「不會，你看窗外朗月高懸，明日定是個好天氣。」

羅開懷以手撫額，病急亂投醫地看向Dave。Dave幸災樂禍地抿了抿脣，對朱宣文笑說：「皇上說得對極了，況且皇上是真龍天子，就算是雷公電母想下雨，遇上皇上出遊也要退避幾分的呀。」

「戴公公此言有理！」

羅開懷無力地軟倒在他懷裡。

「愛妃，你是哪裡不舒服嗎？」

「呃，沒有，臣妾只是有點頭暈。」

3

一輪彎月掛在桂花樹上，皎潔的月光灑向園中，給園子蒙上一層迷人的恬靜。

羅開懷倚窗望向園中，驚訝地發現夜晚的小園竟然比白天更好看。她把窗子又推開了些，晚風送來一絲花香，若有若無的香氣清爽沁人，令她緊繃的神經也奇異地舒緩了幾分。

自從知道了明天要「伴駕出遊」，她一整晚都在盤算要怎麼應對明天的場面，結果算到現在，頭髮都抓掉了好幾根，還是沒想出什麼好主意。

不過剛剛經晚風這麼一吹，她倒忽然就沒那麼擔心了。倒不是因為突然想出了什麼好主意，而是因為反正也沒什麼好主意，不如就聽天由命吧。

算起來，自她進了朱家大門，又有哪件事是老老實實按著她的計畫進行的呢？其實人生也就是這樣的吧，每當你努力地想要做些什麼，總有些事情超出你的掌握，可是你沒有辦法，你只能要麼放棄，要麼硬著頭皮做下去。而在這兩個選擇中間，羅開懷沒有選擇，或者說，她已經選擇好了。

她也不知道自己是什麼時候做的選擇。或許是那次在古董室裡，他為她盤起髮髻；又或許是昨天夜裡，他派 Dave 救了她弟弟；也可能就是剛剛，他目光炯炯地對她說：朕要讓你親眼看到，你擁有的，是怎樣一個坐擁天下的男人！

噗！一下就笑出了聲。那笑容又慢慢變淡，最終變成一彎月亮的樣子，掛在她的唇角。

我一定會治好你的，因為我想要你好起來。

4

地下停車場停得滿滿的，也就是說，一會兒進了商場，會遇見很多很多的人。在Dave催到第三遍的時候，羅開懷終於扯著她那錦繡長袍的袖口，先抬起一隻腳，慢慢、慢慢地邁出去，再抬起另一隻腳，更慢、更慢地邁出去。

雖然知道早晚得見人，可還是逃避心理占上風，能躲一會兒是一會兒。

今日「伴駕出遊」，第一站就是這座全市聞名的商場，說起來正是她的主意，因為這裡不光有可以當鏡子照的大理石地面，還有現代感爆棚的建築設計，滿世界精選來的商品一個賽一個地展示在櫥窗裡，整座商場從建築到塵埃都在賣力地大喊一句話：我是不是很現代？我是不是很現代？

這有利於舒緩朱宣文的病情，起碼能刺激他隱藏起來的現代記憶。

不過這只是告訴Dave的原因，還有另一個更重要的原因她沒說出來——商場一樓有男裝店，一上去就可以替他和朱宣文換身衣服。

當然，朱宣文也可能會不同意，所以她決定先極力勸他試一下，只要他一穿上，她就使盡力氣猛誇。人性的弱點在於，沒有人抵擋得了排山倒海的讚美，所以只要他肯把衣服穿上，她就有信心叫他脫不下來。

昨天一晚上都在排練怎樣誇他，剛剛在車上還在腦中過了一遍，此刻唯一的擔心，就是一會兒遇見人一緊張，把準備好的詞忘了。

「皇上，娘娘，這邊請。」Dave小心地關好車門，躬身說道。

朱宣文微微點了點頭，氣宇軒昂地邁開步子。羅開懷前後左右瞄了瞄，還好沒見著人，希望一直到電梯都不要遇見人。

不過她祈禱的命中率向來極低，剛轉了個彎，就見一對男女從車上下來，女孩見到他們，腳步明顯就是一滯。羅開懷低著頭都能想像女孩目瞪口呆的樣子，不由得後悔，如果剛才祈禱遇見人，現在是不是就不會遇見人了？

身後飄來女孩壓低的恐懼聲：「這三人神經病吧？」

「別怕，」男孩安慰，「可能是拍戲的。」

「……沒看到攝影機啊。」

5

堅持到服裝店就好，堅持到服裝店就好……

一路默念咒語，遠遠已可見電梯，啊……目測有十幾個人在等。Dave推開玻璃門，幾個人朝他們看來，立刻響起幾聲低呼。

緊接著所有人都看過來。

電梯口的燈光明亮中帶著微黃，照在一行三人明晃晃的古裝上，剎那間全場一靜。

「皇上駕到——」

Dave極有特點的聲音突然穿透天際，驚得大家集體一震。

羅開懷恨不得遁地消失。她閉上眼睛低下頭，做好了聽各種譏諷的準備，誰知等了半天，卻什麼都沒聽到，按捺不住又抬起頭，目光正對上一個年輕女孩，女孩「啊」了一聲，下意識地後退兩步，險些左腳絆了右腳。

也是，如此驚悚的畫面，還真是叫人說不出話來。

朱宣文倒是仍氣定神閒，一臉「朕出個遊而已，爾等不必驚慌」的神情，還挺胸揚眉地朝羅開懷支了支手臂，淡淡道：「愛妃。」

羅開懷咬起嘴唇，窘迫地挽住他：「皇上。」

旁邊一位中年大叔下巴幾乎要脫臼。

叮！

救命電梯終於到了。門一開，前面幾個人就要逃進去，誰知 Dave 尖細的聲音再次響起：「皇上出遊，百姓不得阻道，違令者誅——」

一個男子一腳都邁進電梯了，聞言又猛地縮回來，後面的人也果然都不敢再動。還有一個男子也不知是入戲了，還是被他們嚇得太過，竟然主動過去給他們扶著電梯門。

Dave 恭敬地一躬身：「皇上請，羅妃娘娘請。」

朱宣文氣宇軒昂地走進電梯，轉身，投給眾人一個氣吞山河的眼神。

明明裡面還很空，卻再沒有一個人敢進去，直到電梯門快關上，才輕輕飄進幾句話。

「這幾個是神經病吧？」

「不一定，說不定是行為藝術。」

「那還是神經病。」

6

上行的幾秒內，羅開懷早已下定決心，一會兒遇見第一家男裝店，就算是生拉硬拖也要把他拉進去。

叮！

電梯門幾乎是轉瞬即開。幾個人等在門口，不出所料地面露驚愕。羅開懷低頭含胸，正想默默出門，就見 Dave 搶先一步：「皇上請，羅妃娘娘請。」

行吧。

一進商場自然更加引人注目，不過有經驗在先，這些目光倒也不是那麼難以忍受了。

舉目皆是華光明亮，不遠處即是斜跨樓層的電扶梯，羅開懷偷瞄了瞄朱宣文的神情，見他仍泰然自若，絲毫沒因這濃郁的現代氣息而感到不適，暗想了想，也不知算好事還是壞事。

四下環視尋找男裝店，驚喜地發現左邊就是一張巨幅海報，世界頂級男模穿一身完美西裝，半慵懶地斜靠在椅子裡，傲人長腿帥氣地伸出，皮鞋上的亮光都在極力詮釋「精緻入骨」四個字。

羅開懷略一思忖，指著海報笑著說：「皇上，您看畫上那個人多好看！世間怎會有如此絕美的男子？」說著雙眼放光，盡情流露迷妹神情。

「哦？」朱宣文果然抽動了一下臉頰，「愛妃如此以為？戴公公，你也覺得那男子美嗎？」

Dave極盡諂媚地搖擺腦袋：「哎喲，這是哪裡話？依奴才看，那番邦男子啊，膚黑似炭，鼻鉤如鷹，鬍子都沒刮乾淨，長成這個樣子，怎麼好意思把畫像掛出來？真是連祖宗的臉都丟盡了。」

朱宣文一副「戴公公所言深得朕心」的模樣。「番邦化外之民，榮辱不分，倒也平常。」說罷不經意似的瞥向羅開懷。

羅開懷急忙點頭，笑著說：「戴公公說得對，是臣妾一時看走了眼，倒是皇上天人之姿，是那十個番邦男子也比不了的呢。」

朱宣文哈哈一笑，雖然沒說什麼，大放光彩的眼睛裡卻分明寫著：誇得好，快接著誇，盡情誇，不要停。

簡直不能更順利！

她挽一挽他的手臂，接著說：「臣妾剛剛覺得那番邦男子好看，大概是因為他那身衣服吧，不過皇上若是穿上那一身，定然不知比他好看多少倍。皇上可否去試一試那身衣服，讓臣妾也飽飽眼福呢？」說著迷醉般地看向他。

朱宣文側顏看向她，薄唇輕挑，好看的眼裡透出明亮的光，似乎是被誇得心情大好，又似乎是早已洞悉她的小心思。

羅開懷不由得快速眨了眨眼，讓嘴角翹得更美些。

也不知是不是她的笑容太好看，朱宣文看了她一會兒，忽然就燦爛一笑，朗聲應道：「好，就依愛妃。」

勝利來得太突然，羅開懷幾乎不敢相信。待相信了，頓時湧上一陣狂喜，覺得今天所有的麻煩已經解決了大半，剩下的小問題，憑著她的聰明才智也通通不是問題。

不過一般當人覺得自己聰明的時候，通常都是犯蠢的時候，多虧了Dave及時提醒，讓她下一秒就明白了這一點。

「皇上駕到——」

門口的女店員明顯一顫，彬彬有禮的笑容都滯在了臉上。其他店員也都詫異地看過來。幸虧這家店貴得離譜，店裡當時並沒有別的客人，否則這一聲定是要把人家生生嚇跑的。

羅開懷用「你是不是誠心拆臺」的眼神狠狠瞪了Dave一眼，緊接著急忙拉過一名女店員，悄悄指一指朱宣文。「他這裡不太正常，」她比著腦子說，「麻煩你幫他選一身合適的衣服換上，好嗎？」

進門都是客，哪怕是精神病。女店員會意地笑笑，點點頭，又指指Dave問：「那他呢？」

「他沒病，不過也幫他找一身吧。」

女店員痛快領命，目測了一下兩人的尺寸，盡職地找起來。

Dave極狗腿地引領著朱宣文，直接來到店裡最舒服的沙發前：「皇上您請坐。」

方圓一公尺內的店員自動退後。朱宣文滿意地點點頭，君臨天下般坐下，掃一眼店員們，面帶威儀地說：「朕今日體察民情巡遊至此，爾等不必驚慌，如常行事即可。」

店員們面面相覷，緊接著又集體點了點頭，生怕點晚了會惹他不高興似的。

羅開懷心裡暗暗鬆了口氣，照此進行，只要他們兩個一會兒換好衣服，她再恭維一番，第一步就算大功告成了。

按說也確該如此，只是她忽略了重要一點——每個人生來都是自帶獨特氣場的，比如有的人生來搞笑，有的人生來高冷，有的人生來討人嫌，而朱宣文呢，生來就自帶主子氣息——只要他往那裡一坐，就讓人情不自禁地想要伺候他。

一個皮膚細嫩的小姑娘似乎被他的氣息征服，糾結一會兒，還是倒了杯茶，小心翼翼地遞上去。

「皇上，請用茶。」

朱宣文的目光在小姑娘臉上掃了一掃，滿意地接過來，微微點頭。他喝茶的動作極其優雅，生生讓一個普通的紙杯都顯得身份倍增，喝罷對那小姑娘淡淡一笑：「好茶。」笑容好看得要命。

小姑娘瓷白的臉頰剎那就變得粉紅。

「戴公公，賞。」

「是，皇上。」Dave 恭敬地領命，從袖中口袋裡拿出錢包，取出幾張紙幣遞給小姑娘。

小姑娘一愣，顯然是沒料到倒杯茶也能得到幾百塊，一時愣著沒好意思接。

Dave 笑瞇瞇地說：「皇上賞你的，不拿可是抗旨哦。」

小姑娘這才羞羞澀澀地接過：「奴婢謝過皇上。」那一聲皇上叫得絕對誠心誠意。示範的效用威力無窮，離得最近的一個女店員見了，也立刻上前，笑盈盈地遞上一塊餅乾。

「皇上，喝茶一定要配點心，這個您嚐嚐。」

朱宣文接過咬了一口，笑著說：「味道不錯，戴公公，賞。」

只剩一位店員還沒得著賞，茶與餅乾都有人送過，就只剩糖了，她想了想，走過去拿起一塊糖。

羅開懷見狀，急忙過去拉住她，拉後一點耳語：「他腦子不好，這次出來接觸社會，是專門為了舒緩病情的，你們千萬不要再叫他皇上，不要再刺激他。」

店員痛快地點頭：「明白，女士您放心。」

羅開懷這才鬆了口氣。一抬頭，卻見人家已經剝開了糖果，直接餵到他嘴裡去，笑得比前兩個加在一起還更嫵媚：「皇上您嚐嚐，這糖可甜了。」

當然甜，看朱宣文那嘴就知道，都要咧到眼睛上去了。

「嗯，戴公公，重重地賞。」

古人說，重賞之下必有勇夫，其實呢，重賞之下，什麼都有。頃刻間，店員們便團團圍在朱宣文身邊，你捶腿來我敲背，你捏肩來我倒茶。店裡「賞」「再賞」之聲不絕，「皇上」也叫得一聲比一聲更動聽。

羅開懷翻白眼翻得眼睛都疼了，她嚴重懷疑 Dave 是不是早就知道朱宣文有這秉性，出來前特別備了那麼一大堆現金。

找衣服的女店員總算準備好了衣服，顫顫巍巍地捧過來，從襯衫到領帶，從西裝到襪子、皮鞋都搭配好了，自然也少不了一番重賞。其他人殷勤地上前，一人幾件地接過來，又簇擁著朱宣文朝試衣間走去，那架勢倒也真像簇擁皇上。

剛剛還熱鬧的沙發一下變得冷清，羅開懷坐到朱宣文剛剛坐過的地方，拿起一塊餅乾。

「我也服侍過你啊，怎麼不見你賞我？」她嘟噥著，看看手裡的餅乾，重重一口咬下去，一下又皺起眉頭。這種餅乾也叫「味道不錯」？朱宣文你有沒有吃過餅乾啊？

不自覺地朝試衣間那邊看過去，看不見試衣間的門，只看見一群店員圍在外面翹首以盼。不由得暗哼了一聲，難怪那麼多人拚了命地想要成為有錢人，原來有了錢，就算你是神經病，也會有人誠心誠意巴結你。

忽聽那邊傳來一陣誇張的驚呼，緊接著是一小會兒安靜，最後終於爆發出尖叫：「好帥！太帥了！陛下您真是帥爆了！」

太浮誇了吧？羅開懷嗤之以鼻。早知道是這樣，就不帶他來這麼貴的地方，直接帶他去批發市場，隨便換一身T恤短褲，看還有沒有人圍著他喊帥。

轉彎處傳來皮鞋走在大理石地面上的聲音，她心中忽然升起一陣莫名其妙的緊張，抬頭看過去，舉到嘴邊的餅乾就停住了。

雪白的襯衫配銀灰色領帶，一身黑色修身西裝剪裁得恰到好處，就算是五短身材都能修飾得身高腿長，何況他原本就身高腿長。

精妙的燈光下，她看向他的臉，不由得開始琢磨難道西裝真的會把人襯托得更好看？智慧的寬額頭，英挺的鼻樑，輪廓鮮明而又不失柔和的臉，還有那雙眼睛，彷彿生來就帶著擁有全世界的驕傲。

明明是她已經看過好幾天的臉，她也從未否認他長得帥，只是此刻才忽然驚覺：有這麼帥！

「愛妃，」他走到她面前，站定了，笑盈盈地問，「朕如此穿著，可有讓你飽到眼福？」

她深吸口氣，眼睛睜得老大，絲毫沒注意到自己的反應和十幾秒前的店員們一模一樣，腦中只充斥著一個字：帥！

很爛俗的詞，簡單粗暴，可有時候，就是這種簡單粗暴的詞才足以描述這種天上有地上無的感覺。

「不好看嗎？」他小心地問。

「不，很帥，」她立刻說，「很帥，很帥。」

之前排練的溢美之詞果然全都忘記了，不只是忘了詞，甚至連做過排練這件事本身都忘了個一乾二淨。

他卻似乎很滿意她這種反應，雙手插在西裝褲口袋裡，擺出簡單卻好看得要命的造型，彷彿在說：想看嗎？想看就讓你多看一會兒。

「陛下，您真是太帥了！」

之前挑衣服的店員不由得又讚嘆出聲，隨即又引發新一輪排山倒海的恭維，朱宣文被誇得眉目舒展，好在Dave還沒換好衣服，不然鐵定又是一輪恩賞。

羅開懷忽然意識到氣氛不對。給他換衣服，原本是要加強現代社會的正向刺激，可是店員們這麼一恭維，只怕衣服是換了，病情卻更加重了呢。她焦急地朝試衣間那邊看去，好在Dave也終於換好了衣服，她急忙起身，給Dave遞了個付帳的眼神，拉起朱宣文便朝店外走去。

「皇上，您的衣服是換了，臣妾還沒換呢，不如您現在帶臣妾也去換一身？」

心理學上的小伎倆，不問他要怎麼樣，直接替他做決定，遇上容易受暗示的，基本暗示者就可以達成所願。原本朱宣文不是那種容易被暗示的人，可是此時他被誇得飄飄欲仙，想必中招的概率會高很多。

他果然爽快地點頭：「好，就依愛妃。」

聞聽他們要走，店員們紛紛流露不捨之情，步步緊跟送到門口，一人一句「恭送皇上」，只扔下個Dave拿著張卡等在店裡：「呃，那個，你們誰來結帳？」

7

前面緊挨著就是一家女裝店，據說是義大利鬼才設計師的品牌，對這個評價，羅開懷一直覺得，這個牌子除了價格符合國際一線的標準，衣服本身倒沒有好看到哪裡去。

不過也不是挑三揀四的時候，她拉著朱宣文就走了進去。

她的古裝還是叫店員一愣，不過好在朱宣文打扮正常帥得閃閃發光，女店員快速收回驚愕，笑著迎上前：「小姐想選什麼，要我介紹一下嗎？」

「謝謝，我自己挑就好。」

反正都不好看，她掃一眼衣架，隨便拿了兩件便向試衣間走去。

「等一下。」他在身後說。

她轉身，見他朝自己走來，立在她面前幾公分處，一隻手貼著她的肩膀伸到她身後。

這是要……擁抱？還有店員和別的客人在呢，不好吧？呃，不，等一等，就算沒有別人，也不好吧？她非常詫異於自己的第一反應，眼睛卻不由自主地看著他。

似乎等了好久，也沒等到那股將她擁入懷中的力量，卻見他只是輕輕拿走了她手裡的衣服。

「去試一下這一件。」他自她身後取下一件紅色洋裝。

那是很漂亮的紅色，好像新娘的嫁衣，剪裁也很有意思，好像很簡單，可是卻有哪裡不一樣。

她有一點發愣，他也就那樣從從容容地立在她面前，半句也不催促，好像只要她不動，他也完全不介意和她一直這樣當著店員的面四目相對似的。

到底是她先堅持不住，反正換個裝而已，換什麼不重要，快點換完才是正事。她拿了裙子直奔試衣間，直到換好立在穿衣鏡前，才忽然意識到一件重要的事情：他是對的。

這條裙子掛在那裡，明明只是顏色好看，樣式有幾分有趣而已，可直到親身穿上，她才明白一條好看的裙子可以多大限度地增添一個女人的美麗。

紅的裙襯得她黑髮更美，膚色更白，魔鬼一般的剪裁把她的身材修飾得幾乎可以上伸展臺。鬼才設計師、一線品牌、貴得離譜的價格，彷彿忽然都有了她可以理解的意義。

原來不是它不好，而是她不懂。就像生活中有許許多多的事，你聽人家說，覺得荒謬可笑，直到有一天你給自己機會試一試，才會發現原來荒謬的不是別人，而是一直以來故步自封卻又自以為是的你自己。

她推開試衣間的門走出去，看到他的眼睛亮了一亮。

「我的天呀！羅妃娘娘，您穿這件實在是太美了！」門口響起一個熟悉得不能再熟悉的聲音，羅開懷咬著牙根看過去，見果然是 Dave 跟來了。這麼快就結完了帳，還真是具備狗腿的忠誠與高效。

女店員似乎本想讚美她一番，卻顯然被 Dave 這一句嚇了一跳。羅開懷克制住狠狠瞪他一眼的衝動，從牙縫擠出幾個字：「就這件了，快去結帳。」

「等一等。」朱宣文卻說。他的視線在她頸項上停留一會兒：「這裡，還缺一條項鍊。」

「不必，不必了，」她連忙擺手，「這樣就很好。」

東西貴得像搶錢，雖說花的不是自己的錢，可也不能隨便吃大戶，再說今天的目的是治療，又不是shopping。

可是呢，她忘了一點，他是皇上啊，金口玉言啊。

「愛妃想抗旨？」

「臣妾不敢，」她瞥一眼身旁，果然見店員已一臉驚愕，「臣妾就是看著外面熱鬧，想快點出去逛逛。」

「愛妃身為皇妃，拋頭露面更要注意儀容，配好穿戴再逛不遲。」

「可是，那個……」

「戴公公，傳朕的旨意，」他雖是對Dave說，眼睛卻看向她，「今日朕與羅妃娘娘巡遊至此，特恩澤萬民，在羅妃娘娘選好商品前，凡有百姓在此購物者，皆由朕付帳，以顯君恩浩蕩。」

「……」

羅開懷正在琢磨這個局該怎麼破，Dave卻已轉過身去，高聲「傳旨」：「奉天承運，皇帝詔曰，今日帝、妃同遊，凡百姓有購物者，皆由天子付帳，以示君恩。欽此。」

一個還帶幾分學生氣的女孩正在看一個小手提包，聞聲驚訝地看過來，不過朱宣文那張臉，大概怎麼都不會讓她聯想到精神病。那女孩視線撞上他的，眼裡迅速閃過一抹羞澀，又低下頭去擺弄手裡的包。

朱宣文看了羅開懷一眼，也不催她，反而帶著一點笑，朝那女孩走去。

「姑娘可是看上了這個包？」

女孩忙搖搖頭：「我還沒決定好。」

他看看她手裡的那個，又看看貨架，取下另一個遞給她：「那不如選這個。」

女孩忙搖頭：「這個太貴了，我剛工作不久，只想買個基本款犒賞自己而已，這個……等以後再買吧。」

他笑：「不用你自己付銀子，朕今日恩澤萬民，不管你看上了什麼，都由朕付帳，可好？」

這話如果是從一個肥頭大耳、肚大腰圓的男人口中說出來，哪怕他是真心想要搭訕人家姑娘，姑娘也會覺得他是個腦子壞掉的騙子。可是從朱宣文的嘴裡說出來，就大不一樣了，哪怕他真是個腦子壞掉的騙子，姑娘也會發自內心地不願意相信。所謂一心一世界，就是你心裡認定了他不是騙子，那麼他自然就不是了。

那女孩羞澀地低頭搖頭，只笑，不說話。羅開懷幾乎可以猜到她腦中編織的浪漫愛情故事的開篇。

忽然感到嘴唇一陣生疼，身邊店員關切地遞上紙巾：「女士，您的嘴唇。」

她回神，這才感到唇邊一股鹹腥。

「那個，女士，我們還選項鍊嗎？」

「選！當然選！」項鍊區離他們更近。

朱宣文把包遞給 Dave，Dave 痛痛快快地跑去結帳。

女孩頓時變得十分忸怩：「哎呀，還是不要了，這樣多不好。」

不好你倒是把包追回來呀！光擺手有什麼用？

「女士，您想選哪一條？我幫您拿出來。」店員對羅開懷說。

「呃，隨便，左邊第一條吧。」

店員一頓：「真的？」

「嗯嗯。」

Dave 結了帳，樂顛顛地把包拿回來。羅開懷想起那天小白撿花環的情景，哼了一聲。女孩拿到了包，一副好糾結不知該不該收的樣子，最後終於收下了，卻要留下朱宣文的電話。

「我不會白要您的包的，能把您的電話留給我嗎？」

對這句話的邏輯，羅開懷覺得自己同為感性動物，也實在是不能理解。

不想白拿包，你可以把包還給他，或者把錢付給他啊，這和你要他的電話有什麼關係呢？難道說你要到了電話，就等於付了包錢？

朱宣文也對這句話表現出了極大的困惑，不過他的困惑點卻顯然不一樣。

「電話？什麼是電話？」

女孩一愣：「就是您的電話號碼呀。」

朱宣文更加困惑，良久，笑對 Dave 說：「戴公公，朕久居宮中，對今日民間百姓生活竟然生疏至此，看來今後著實該多出宮巡遊才是。」

Dave 太監相十足地點頭：「皇上勤政愛民，真是天下百姓之福呢。」

這番瘋話，任誰都聽得出說話人腦子不正常了，不過還是那句話，一旦你認定了對方不是精神病，即便聽到這些，也還是會堅信他沒病。那女孩果然有些受傷，一副「你既然不愛我，又何苦招惹我」的神情。

羅開懷心想，她要是有骨氣，就該把包往他臉上一扔，告訴他本姑娘可不會因為一個包就淪為你這敗家子的笑柄。

誰知她卻仍抓牢手中的包，傷心而又憤憤地走了，好像朱宣文不是送了她一個包，而是搶了她一個包。

過完了「皇恩浩蕩」的癮，他又笑吟吟地朝她走來，只是走到近前，卻明顯愣了一愣。

「愛妃，你，選了這一條？」

羅開懷憤然看向自己手中，也是意外地一愣。只見自己此時正赫然拿著一條黑色骷髏頭造型的重金屬風項鍊，骷髏之間飾以羽毛和獸骨，乍一看還真是風格奇特。

她皺眉對著鏡子比了比，不由得暗嘆這鬼才設計師還真是能「鬼」能「才」，她身上這條裙子主要突出了「才」，而手中這條項鍊則是突出了「鬼」。

本想賭氣說，就是看上了這一條，不過剛才的畫面突然飄進腦中，她也不知自己那一瞬是怎麼想的，就學著那女孩嬌羞的樣子，說：「人家還沒決定好呢。」

他意味深長地笑，指向玻璃櫃檯說：「那不如選這個。」

連說的話都一模一樣。朱宣文！

她下定決心，寧可帶著這串骷髏頭，也絕不要他挑的那一條。

不過呢，待店員拿出項鍊送到她眼前的時候，她忽然就發現自己悟到了一條人生真諦——所謂智者，就是既要有強大的決策力，還要有更加強大的自我反省能力，一旦發現決策失誤，絕不和任何人較勁，從而保證不在錯誤的道路上策馬揚鞭，一去不回。

「我幫你戴上？」他觀察著她的神情變化，從店員手中接過那串漂亮的琺瑯彩花朵項鍊。

「……好呀。」

看，這樣溝通多好，簡潔高效，不拖泥帶水，最大程度地避免了賭氣說謊所帶來的麻煩。

只不過走出店門時，他們還是遇上了一點小麻煩。十幾個年齡不等的女子圍在店門口，其中最靠前的一個胖女孩睜著兩隻烏溜溜的大眼睛，十分緊張期待而又幸福地盯著朱宣文。

「……皇上？」

哈？羅開懷疑惑地看看那女孩，又看看朱宣文，再看看自己，……我們，不是已經換好衣服了嗎？

朱宣文當然毫不驚訝，親切又不失威儀地問：「姑娘有何要事？」

「呃，民女聽說，皇上今天恩澤萬民，我們買什麼您都會付帳，是真的嗎？」

「當然，金口玉言，豈會有假？」

胖女孩的大眼睛頓時睜得更大，旋即幸福地大笑起來：「哈哈哈哈，那我也要一個包行嗎？我不貪心，基本款的就可以。」

羅開懷頓時明白過來。一定是Dave「傳旨」的時候太賣力，不但吸引了店裡的客人，連店外路過的都一併吸引了來，原本人家也許只為看個熱鬧，沒想到竟然親眼看見有人獲得了一個包，雖說只是個包而已，可是對年輕女孩子的誘惑力，實在是非外人所能懂，有膽大的想要試一試，也就不足為奇了。

Dave熟門熟路地跑去結帳，眨眼工夫，那胖女孩便已愛包在手，高興得要飛起來了。

「謝皇上！皇上萬歲！」說著對朱宣文左一個右一個地飛吻，如果不是身高差太多，她應該真想抱著他親幾口呢。

這種純粹而毫不摻雜念的開心相當有感染力，羅開懷原本以為胖女孩把朱宣文當精神病，趁機占他便宜，心裡是很反感的，不過此刻竟然奇妙地被她感染，那一絲反感也煙消雲散了。

她忽然覺得世事大多時候都是如此，那些美好而又遙遠，似乎遠不是你該奢望的東西，只要你大膽地、貪婪地、勇敢地去追求，就會發現其實到手也不是那麼難。

女孩的開心顯然不只感染了羅開懷，立刻就有人提出也想進店去看看，朱宣文痛快地答應了，羅開懷不由得暗暗為接下來的局面捏一把汗。

店內很快熱鬧起來。人們充分展示了人類群體動物的屬性，要麼一個都不上，要麼一哄而上。不斷有人得償所願，更不斷有新人得知消息加入，店內山呼萬歲之聲不絕，朱宣文坐在店內最尊貴的椅子上，心滿意足地享受百姓愛戴。

羅開懷越來越坐不住了，揮霍了多少錢先不管，明明是帶他出來感受現代氣息的，可如果是這樣的「現代氣息」，那不是反而會加重病情？

必須想個辦法他脫身。直接拉走當然是想都不要想的。叫Dave停止付錢？就算Dave肯，這些山呼萬歲的「百姓」也能一人一口把她生吞了。那麼，叫店員不要再賣？聽起來好像沒有可能，不過暫時好像也想不出更好的辦法。

羅開懷快速思索，醞釀著怎樣說服店員，剛好見一名女店員走到朱宣文身邊，面露難色，欲言又止似的。

莫非店員主動來阻止了？她眼睛一亮，人家畢竟然是世界名牌，如此批發大白菜一樣地亂買，很影響人家品牌形象的好嗎？

她定睛看著，就見店員彎下身，小心翼翼地問：「皇上，您恩澤萬民，是不是就是說，每個人都可以被恩澤的呀？」

「當然，所謂萬民，自然包括每一個人。」

「那……我們店員也可以買嗎？您放心，我們有內購價，可以打折的……」

「不可！」朱宣文和藹的笑容突然一斂，「皇恩浩蕩，豈可打折？姑娘你喜歡什麼，但買無妨，除了打折，朕什麼都可以答應你。」

女店員愣了一愣，隨即若有所悟地點了點頭，一轉身歡天喜地地跑走了。

羅開懷痛苦地撫額。朱宣文，你爺爺當初真的不是老糊塗了才選了你做TR集團繼承人的嗎？

朱宣文朝她這邊坐了坐，探身過來：「愛妃可是哪裡不舒服？」

羅開懷懶得看他，撫額搖了搖頭，只是這一搖，卻忽然搖出個主意來。她低頭計議片刻，抬頭病懨懨地說：「皇上，此店人多，空氣污濁，臣妾又坐得實在太久，想要出去走走呢。」

只要離開這家店，就能甩開那些人，而只有甩開那些人，她才能好好實施她的計畫。不過，他享受萬民愛戴正在興頭上，會因為她小小的不舒服就斷然離開嗎？這辦法與其說是計策，不如說是個賭博，她以自己小小的不舒服，賭他一個決定。

他意味不明地看了她一會兒，她突然一陣怦怦心跳，趕緊又假裝難受地低下頭去。

「既然愛妃身體不適，我們離開此店便是。」他說著便向還在付款的Dave做了個手勢。

局面扭轉得太順利，她幾乎不敢相信，一下高興得過了頭，客氣地說：「不必不必，還是等百姓們買完再走吧，臣妾其實也沒有那麼難受。」

「真的？」

「……」她簡直想抽自己，「嗯，就硬撐著唄。」

Dave迅速小跑過來：「皇上有事？」

羅開懷不敢抬頭，只拿餘光偷偷往上瞄，只見朱宣文薄唇似翹未翹地抿著，對Dave說：「傳朕的旨意，朕與愛妃即刻起駕，百姓們有願意者可伴駕同行，在別處看上的商品可同樣享受恩澤。」

不是吧，朱宣文？！

他向她投來關切的目光：「愛妃可是頭暈得更厲害了？」

「呃，不不不，皇上，臣妾又突然覺得好些了呢，要不，我們還是留在這裡吧。」

「那怎麼行？愛妃的身體馬虎不得。」

說話間Dave已「傳旨」完畢，店內又掀起一個高潮，眾人山呼萬歲簇擁過來，羅開懷痛苦地挽著朱宣文的手，在一片愛戴聲中被簇擁而出。

邁出店門的一剎那，她忽然生出一種無法與命運抗爭的無力感。自己一開始明明只是想少買一條項鍊，誰知事情的發展就那樣慢慢地失控，她開得了頭，卻控制不了過程，更加無法左右結局。

其他店鋪早就聽說了這邊的動向，早有好奇的店員探頭觀望。朱宣文帶著她被眾人簇擁著，一路走一路買，走到哪裡都萬歲之聲不絕，偌大一個現代感十足的商場，竟然被他搞得真像天子巡遊一般。

所謂天生皇帝氣勢，是不是就是這個樣子？

第六章　入戲

「那如果，朕就是想做個昏君呢？」

1

漸漸有人認出了朱宣文，頓時議論之聲更甚。有人感嘆，TR 集團是有多少錢？掌門人的娛樂方式都如此奇特。有人笑說有錢人嘛，腦迴路自然與常人不同。還有人神秘兮兮地說據傳他得了精神病，許久沒公開露面了，估計今天是家裡人沒看住，讓他給跑出來了，說罷傳來幾聲竊笑。

山呼萬歲之聲依然不斷，還有人興奮地拿出手機拍照，羅開懷心中的煩悶卻一陣甚過一陣。雖也明白人與人之間向來如此，並不是你愛人家一分，人家就要還你一分，更不是你為人家付出許多，人家就要心存感激，可明白是明白，感情是感情，如果明白的事情感情上都能接受，人生在世又怎麼會有煩惱呢？

「皇上，」在一家店鋪門前，她終於停下腳步，「我們離開吧。」

「百姓正在高興時，現在離開豈不掃興？」

「那皇上自己留在這裡吧，臣妾身體越發不舒服，難以伴駕巡遊，先行告退。」說罷也不等他答應，逕自撥開重重人群，向外走去。

商場別處早已人丁冷清，她離開人群，輕而易舉上了電梯，接著直接來到停車場，到了才意識到自己沒有車鑰匙，來了也毫無意義，只好又轉身離開。才走幾步，迎面正遇上那身高腿長的身影。

「……皇上？」

停車場裡空空蕩蕩，把他的聲音凸顯得很好聽。「朕又不是鬼，愛妃見到朕為何如此驚訝？」

「上面不是有很多人嗎？您這麼快就脫身了？」

「朕是皇上，朕想離開，誰敢攔著？」

說得也是。那些人雖熱情高漲，她也絕對相信他若想走，沒人敢攔。

他又走近幾步：「倒是你，不待朕恩准就擅自離開，可知罪？」

她暗嘆一聲：「是，臣妾知錯了。」

「錯在哪裡？」

要不要這樣啊？

她咬起脣，把頭別向一邊：「錯在沒有等皇上恩准，擅自離開。」

三個指尖捏住她的下巴，把她的臉掰正，又抬起來。「錯而不知錯，錯上加錯。」

「……」

「你不舒服，叫朕一起走就是，為何獨自離開，卻將朕留在原處？」

呃，這個……「那不是還有萬民等著您恩澤嗎？」

他捏著她的下巴，把她的臉又抬高一點：「你就那麼沒信心，認為自己在朕的心裡，敵不過江山萬民？」

他的意思是……她看著他，把一整句拆開了又合起來，合起來又拆開，在心裡來回琢磨好幾遍。

他在她的臉上盯了許久，似乎一直沒看到他希望看到的表情，終於又說：「如果你聽不懂，那麼朕告訴你，在朕的心裡，你比江山萬民更重要。」

他說得很慢，好像在說情話一樣。只可惜他們見面的第一天，他就叫她愛妃，這樣深情得要人命的話，也只不過是瘋話而已。她覺得有點難過，可還是自我催眠了一下，假裝這是專門說給她聽的，這樣一來立刻就舒服多了。她想像自己是一個真正的妃子，而不是她自己。

「在臣妾的心裡，皇上也比江山萬民更重要呢。」

他盯著她的眸子看了一會兒，微微笑了笑，轉身喚Dave起駕。Dave立刻從空氣狀態中活了過來，跑去幫他開車門。她跟在後面，覺得他似乎沒有臉上的笑容表現的那麼開心。

是我的回答他不滿意嗎？可他剛才明明也是對我這麼說的呀。哦，明白了，這就像「我愛你」「我也愛你」一樣，前一句是飽含深情，後一句卻是禮尚往來，意義大不同。

這麼說，他是嫌我的回答不真心？

Dave發動了車子，她故意往他身邊湊了湊，琢磨著一個真正的妃子應該怎樣回應皇上那一番厚愛。

「皇上，臣妾心裡有句話，不知當說不當說？」

「愛妃但說無妨。」

「臣妾是覺得，臣妾在心裡把皇上當作天，是理所應當的，可是皇上卻萬萬不要把臣妾也看得那麼重要。」

「哦？」

「因為皇上不只是臣妾的皇上，還是萬民的皇上啊，您只要在心裡留給臣妾那麼一點點地方就夠了，其他的地方，還是應該用來裝江山和萬民的。」

他認真看了她一會兒，像是很滿意她賢慧又懂事的樣子。

她看著他，忽然暗想古今中外不管精神正不正常男人果然都是一樣的，希望自己在女人那裡是天地唯一，而自己卻可以除了女人之外，還擁有廣闊世界、鶯鶯燕燕、花花草草……

「那若是朕心裡除了愛妃，再裝不下別的什麼了呢？」

「啊？」

「朕不是不想心懷江山，只是一看到你，就會覺得有美人若此，還要那萬里江山做什麼？」

他的臉近在咫尺，好看的眼睛、勾人的唇角、迷人的氣息……不知是不是出門在外的原因，他似乎的確與在「宮裡」時是不同的，只是這種不同卻不是她所期望的那種。

她想總不能就這麼乾瞪著他，總得說點什麼，可偏偏她這個腦子不爭氣，越想用就越生鏽。

「皇、皇上，您可不能這麼想。」

「哦？」

「您要是這麼想，那不就成昏君了嗎？」

駕駛位的 Dave 發出一陣咳嗽，朱宣文也是一愣，羅開懷頭撞車門的心都有。她看著他臉上的笑意一點點斂去，暗想完了完了，還沒說幾句就觸到他逆鱗，幸虧自己這個妃子是假的，要是真的，早不知被打入冷宮多少回，哦，不，是被拉去斬了多少回了。

正覺山窮水盡，卻不知峰迴路轉，他忽而又笑了起來，向她傾了傾身，鼻尖都快要貼上她的。

「那如果，朕就是想做個昏君呢？」

「……」

「春宵苦短日高起，從此君王不早朝。朕從前不明白，為什麼一代英主會為一個女子甘願淪為昏君，可是自從遇上了愛妃，朕就明白了。」車子駛出停車場，外面透亮的陽光灑進來，他迎著日光，笑得有一點俏皮，「只要有愛妃在，朕就是想做個不念江山、不顧百姓、日日歌舞夜夜升平的昏君。你說，這可怎麼辦呢？」

羅開懷反應了一秒鐘，再反應一秒鐘，又反應了一秒鐘。

「……皇上，您是說臣妾是紅顏禍水嗎？」

Dave 在前邊「噗」的一聲破功，朱宣文也笑起來：「那是世人不解風情的叫法，在朕眼裡，你值得用天下江山去交換。」

羅開懷終於明白過來，朱宣文在逗她。

亂撞的小鹿冷不防「撲通」摔了個嘴啃泥，她不由得一時惡向膽邊生。行，拿我取樂是吧？不信我堂堂心理醫生還被你這個病人給戲弄了！她咬脣用力地想對策，思維也因為集中而逐漸清晰起來。

「皇上，若是您先用江山交換了臣妾，將來又看上了別的女子，卻沒有江山去交換了，那可怎麼辦呢？」

他一愣，像是沒料到她也不按常理出牌。

她又「噗」地笑出來，對他眨了眨眼睛：「臣妾說笑呢。不過皇上若是真的想做個昏君，臣妾倒是知道個好去處，能成全您這個心願。」

他這次謹慎了許多，未敢貿然輕敵：「是什麼地方？」

她故意笑得忸怩一些：「皇上是真猜不出嗎？自古昏君最喜歡去找樂子的地方，您說是哪裡呢？」說完又別過頭去，只拿眼角笑看著他。

「……」

朱宣文神情變換，過了一會兒，露出一點嬌羞，說：「這樣，不好吧？」

「尋歡作樂而已，尋常百姓去得，皇上有什麼去不得的呢？」她也配合著他的嬌羞，意味深長地笑著說，「況且臣妾聽說，但凡男人，無論多大年齡，沒有不愛那個地方的，皇上也是男人，想必也會喜歡。」

朱宣文又疑惑一會兒，終於露出「我倒要看你打的什麼主意」的眼神，爽快地說：「好，既然如此，就依愛妃。」

2

夏日的午風吹來難得的涼意，一個小男孩舔著冰淇淋，從小丑手中接過氣球，轉身興高采烈地跑向爺爺。小丑身後大約五十公尺，一座漂亮的彩虹門上，清清楚楚立著三個大字：歡樂谷。

三人遠遠立在彩虹門前，良久無言，彷彿在欣賞那歡樂祥和的景象。

「愛妃所說的找樂子的地方，就是這裡？」

「是啊，」羅開懷理所當然地說，「所謂『遊樂場』，不正是找樂子的地方？皇上您看，從幼童到古稀老人，不論多大年齡的男人都喜歡到這裡玩，哦，對了，女人也喜歡。」她笑瞇瞇地看他，又故作驚訝地問：「啊，莫非皇上心裡想的，並不是這個地方？」

他十分嚴肅地瞥她一眼，良久，更加嚴肅地說：「朕之所想，也正是這裡。」

是才怪！

她心懷一種大仇得報的喜悅，笑說：「既然如此，那就請皇上進去找一番樂子吧。」

其實呢，遊樂場是她之前就盤算過的目的地之一。這裡既有不輸商場的現代感，又沒有滿眼的商品能讓他「恩澤萬民」，最多包一車冰淇淋、熱狗，估計也不足以讓大家對他山呼萬歲，人們進了遊樂場各玩各的，都嗨著呢，誰會理他這個假皇帝？

原本是不知如何把他勸到這裡來，結果剛好藉著他逗她，將計就計就把他騙來了，真是不能更順利。良好的開始是成功的一半，她這次忽然有種非常好的預感。

進了遊樂場，果然再沒人當他是皇帝，而他自己也似乎被遊戲吸引，忘了擺皇帝架子。他們規規矩矩地排隊，像普通遊客一樣玩，從旋轉杯子到電動鞦韆，從海盜船到碰碰車，羅開懷不太敢玩刺激的，所以只能帶他玩些人畜無害的遊樂設施，原本還擔心能否順利調動他的情緒，誰知他嗨點超低，連吃個冰淇淋都無比幸福。

忽然想起資料裡說他父母早逝，難道從小到大都沒人帶他來遊樂場玩過？

旋轉木馬的隊伍慢慢前行，她隨口問：「皇上，您以前從來沒來遊樂場玩過嗎？」

「沒有啊。」他說著舔乾淨最後一口冰淇淋，戀戀不捨地看著盒子。

午後熾熱的陽光照亮他額頭一層汗珠，他的西裝外套搭在手臂上，領帶也摘了下來，白襯衫領口敞開著，隱隱散發出一種太陽似的味道。

絕美的畫面，足夠讓冰淇淋車頂上的雌麻雀都怦然心動，她此刻看著他，卻感到一陣難過。脫口而出的回答，說明他的那句「沒有啊」是下意識的真實回答。

父母早逝、沒去過遊樂場的童年，哦，對了，可能連冰淇淋也沒怎麼吃過。這是多麼可憐的童年啊，你究竟是經歷了什麼，才會得這種奇特的妄想症呢？

「愛妃有心事？」

她忙搖頭，看到他嘴唇上方的一點白色，不由得思緒中斷，笑著說：「皇上，您嘴脣上有冰淇淋。」

他用手指摸摸，探身過來：「還不快給朕擦擦。」

排在前面的女孩聽到他們的對話，轉身笑著看了看。她心裡升起一種奇妙的感覺，今天第一次沒有為這種對話感到尷尬。

「是，皇上。」

遠處又傳來鬼哭狼嚎似的喊聲。喊聲來自自由落體的方向，也不知那邊是怎樣的刺激，每次都帶來號叫一片，下面排隊的人卻從不見少。

羅開懷朝那邊看了看，又看看朱宣文，咬了咬唇，拉起他的手說：「皇上，我帶你去玩個更好玩的。」

「可我們馬上就要排到了。」

「不管了，那邊更好玩。」

「可是戴公公他……」

Dave 排在前面，已經選好了一匹「馬」。

「沒關係，他會找到我們的。」

或許是「更好玩」三個字起了作用，朱宣文雖然一邊回頭戀戀不捨地望著旋轉木馬，一邊還是由她拉著離開了。

可憐Dave在旋轉木馬開動時才發現主子已棄他而去，抱著馬頭大喊：「皇上！羅妃！你們要去哪裡？」嚇得旁邊的女孩向外挪了挪身子。

3

全員屏息的寂靜。

足有十幾層樓那麼高，下面彎彎曲曲一條細線，那是排隊的人群。羅開懷握緊安全扶手，越是恐懼，越是忍不住往下看，一看又忙抬起頭來，心中湧起強烈的後悔。

他小時候沒來過遊樂場怎麼了？他舔冰淇淋盒子怎麼了？羅開懷你是心理醫生，又不是聖母……何況，這東西真的安全嗎？

她向身側看去，見他也正臉色煞白地看過來。

「皇上，別……別怕。」

他堅定地點頭：「你也別怕，有……有朕在。」

話音剛落，身體突然毫無預兆地自由落體，耳邊霎時間充斥一片鬼哭狼嚎。雖然意識明知是場遊戲，可真實的墜落卻還是為潛意識帶來實實在在的恐慌，她還未覺察到自己發出聲來，嗓子就已經啞了。

墜落的速度陡然減緩，接著慢慢停下。羅開懷摸著有點發疼的嗓子，難以相信剛才那些尖叫聲裡也有自己的一份。

如此反覆幾次，遊戲終於結束，他們扶著欄杆站在幾公尺之外喘息。明明已經雙腳著地，腿還是一陣陣地軟，她下意識地看向朱宣文，見他也正雙眉緊皺，估計也好不到哪裡去。

「你怎麼樣？」

「我沒事，」他喘著氣說，「你呢？」

「我也沒事。」她也嘴硬，還逗他，「要不要再坐一次？」

他一下子色變：「要坐你坐，我可不坐了。」

語畢兩人對視一眼，不由得一起虛弱地笑起來。

忽然，她的笑容中斷在臉上。好像有哪裡不對勁，可一時又想不出是哪裡不對勁，不過緊接著便明白過來，沒有不對勁，就是最大的不對勁。

他現在的舉止神態太正常了，就好像……突然從妄想症裡恢復過來了一樣。哦，對了，他剛剛說「我沒事」「我可不坐了」，他說「我」，而沒說「朕」！

為什麼會這樣？難道他是……嚇的？

她猛然想起來，剛才最驚恐的時候，自己明明已經叫得嗓子都疼了，意識卻仍渾然不覺，那應該是恐懼瞬間侵入潛意識，激起的身體本能的反應。難道他也是這樣？

會不會是恐懼激發了他的潛意識，進而帶出了一部分正常人的認知？如果是這樣，那麼抓住這個機會慢慢引導，是不是就會讓他好起來？

「你怎麼了？」朱宣文見她面色有異，問道，「不舒服嗎？」

「啊，我很好。」

他說的是「你」，而不是「愛妃」！

她按捺住內心的狂喜，摸著嗓子笑著說：「就是嗓子有點疼，是剛剛叫的，你呢？你疼嗎？」

他也笑起來：「我還好，不記得自己叫過。」

「嚇得都忘了，你還不如我。」

他一愣，接著明白過來，和她一起大笑。氣氛一時好得不得了，任何一個路人見了，都絕不會相信他有精神病。

那個尖細而熟悉的聲音傳來，就是在這個時候。

「皇上！皇——上——」Dave一邊奮力招手，一邊熱烈而喜悅地跑來，「皇上，羅妃娘娘，可找到你們了！剛才你們那一跑，把奴才的魂都給嚇丟了……哎？羅妃娘娘，你瞪我幹什麼呀？」

羅開懷從來沒有這麼想要衝上去掐住一個人的喉嚨。

「我沒瞪你啊。」說著又使出「你把嘴閉上」的眼色。

「那你的眼睛為什麼老是一眨一眨的？」

羅開懷雙手緊握成拳。

耳邊響起朱宣文的聲音：「愛妃，你的眼睛不舒服嗎？」

愛妃，他又在叫「愛妃」了，啊！

她深吸好大一口氣，才回頭笑說：「沒有啊，臣妾只是喉嚨不舒服，皇上可不可以叫戴公公去幫忙買些水來？」

那有什麼不可以？他立即吩咐Dave去買水，Dave對剛剛見面就要分開有一絲本能的疑慮，可是皇命在身，又不得不從，只好一步三回頭地走了。

待他稍微走得遠了些，她一把拉起他的手，什麼也不說，只飛快地朝相反方向跑去。他起初也是一詫，不過倒是任由她拉著飛跑起來，兩人一直跑一直跑，直到一點力氣都沒有了才停下來。

「愛妃跑得如此急，可是……可是有何要事？」他雙手扶在膝蓋上，半躬著身，氣喘吁吁地問。

「那……那倒也沒有，」她一邊喘，一邊笑嘻嘻地擺手，覺得反正一時半刻也編不出什麼像樣的瞎話，不如就實話實說，「我就是想甩開戴公公，想叫他，找不到我們，然後，急得團團轉。」

他搖頭喘著氣，一手指著她：「你……你……」

「我是不是太壞了？」

「不是，」他氣喘勻了些，笑著說，「你想到朕心裡面去了。」

「……哈？」

「朕被戴公公跟了許多年，原本走到哪裡都習慣了有他在，從不覺得有什麼不便。」他漸漸喘勻了氣，又慢慢恢復了翩翩佳公子姿態，意味深長地看著她，「可是就在剛剛，朕忽然覺得，有他在身邊，很不便。」

他生了一雙傳神的眼睛，就算她不是心理醫生，也一樣讀得懂那雙眼睛裡的意思。第一反應是他會不會又在逗我？第二反應是以他的姿色，就算是逗我我也認了。第三反應是羅開懷你能不能有點志氣？

「你在想什麼？」

「啊？」她頓時有種被看穿的忐忑，「我在想，這裡風景不錯，不如我們來好好欣賞一番。」說罷才發覺這裡景色果然不錯，不禁又暗贊自己真是機智，隨口一編就這麼應景。

也不知他們是跑出了多遠，這裡已經沒什麼遊人，也沒有炫酷的遊樂設施，只有芳草淒淒，花樹成行，前方不遠有個青灰色的小房子，房子造型方方正正，沒有半點特色，不過正因為沒有特色，反倒顯得與眾不同。

羅開懷好奇地看了看那房子，又看向朱宣文，見他也正收回目光看向自己，兩人只一個對視，便都已明白對方所想，又同時點頭一笑，一起朝那小房子走去。

她忽然覺得自己和他還真是心有靈犀，不過轉念一想，和一個精神病人這麼心有靈犀，也不知算好事還是壞事。不由得抬眸去看他，頭頂梧桐撐起午後陰涼，點點光斑投在他的側臉，她暗想，米開朗基羅的大衛如果活過來，也一定沒有他好看。

大衛的頭髮太捲，鼻子太高，眼睛太深，嘴唇太厚，不像他這樣，頭髮清爽而精緻，鼻子英挺得恰到好處，單眼皮下的眸子透出智慧之光，嘴唇薄而微翹，隨便一勾就能要人命。如果真有造物主，她想，那麼在造他的時候鐵定是偏了心的。

「你在笑什麼？」他忽然偏過頭問她。

「啊？我……」她一把摀住臉，感受到自己花癡的模樣，一邊自哀不爭氣，一邊急忙眨幾下眼睛，「我沒笑啊，只是被沙子瞇了眼。」說完又眨了幾下。

「哦？」

她瞧著他洞悉一切似的眸子，心裡立即暗叫一聲完了，半絲風都沒有，哪來的沙子瞇眼睛？

他果然笑瞇瞇地看她，又朝她探了探身子：「是嗎？那朕幫你吹一吹。」

「不用！」她急忙一掌推開他，一步跳出老遠。他撫著胸口咳了咳，像是驚訝於她竟然有如此爆發力。

「那個，我……我突然又好了，不用吹了。」說完也不等他，快步朝小房子走去。

他立在梧桐光斑下看了一會兒她的背影，慢慢勾起唇角，也邁開長腿跟了上去。

小房子有一扇和它的外形一樣樸實的門，一位穿遊樂場制服的女孩迎出來，親切而誠摯地朝他們招呼：「兩位要玩一玩這個遊戲嗎？」

遊戲？羅開懷用「房不可貌相」的眼神重新打量這小房子，暗想這竟然也是個遊戲？

「這個遊戲的名字叫作『前世今生』，它可以測出參加遊戲的人前世是做什麼的，很適合情侶玩呢。」

門楣上果然寫著四個大字：前世今生。

羅開懷盯著那門楣，暗想這真是個普通至極卻又十分抓人心的名字。

就像一些人十分熱衷於預測未來，雖然不知那是否靈驗，另一些人則十分熱衷於探究前世，雖然也不知探究出來的是不是真的，或者是真的又能怎麼樣。

忽然覺得人真是個矛盾的物種，雖然講起話來都說當下重要，可其實在心裡，卻不是憧憬未來就是懷念過去，真正活在當下的，只怕少之又少。

不過轉念一想，又覺得也不矛盾。有些人半生苦悶，不靠著憧憬未來，哪裡有勇氣活下去？還有些人更慘，畢生珍愛的、熱愛的都已留在了過去，當下千般好，卻已經沒了意義，未來雖長，也只能用來回憶，真是想一想就叫人心痛。

想著想著，她強力叫停了自己的思緒，覺得再想下去一定會陷入對人生真諦的思考，進而覺得生無可戀，那可真是辜負了這個明媚的夏日午後，特別是身邊還有一位絕色美男陪伴。

想到絕色美男，忽然記起朱宣文也好久沒出聲了，向他看去，見他正直勾勾地盯著門楣出神。

難道他也陷入了某種謎之沉思？想到精神病人腦洞異於常人，她忙搖搖他的手臂。

「那四個字的確很好看，可也不用看這麼久吧？」

他恍然醒來，卻又似乎醒得不是很徹底，以致好像沒聽見她的話。

「請問，」他十分迫切地問女孩，「這遊戲，真能測出人的前世嗎？」

「呃……」女孩有些為難，想了一想，遞給他一個遙控器似的小東西，「您親自試一試，不就知道了？」

4

與外面的造型迥異，遊戲區裡面是極強的未來感設計，四面牆和屋頂、地面都用巨大的顯示螢幕拼接而成，顯示螢幕上一片純白，屋中空空，再沒別的裝置。

他們踏著腳下的顯示螢幕，小心翼翼地一步步走進去。滿室白光潔淨而不刺眼，彷彿有種奇異的安撫力量，讓人覺得世界如此純潔，靈魂都歸於寧靜。

他們走到屋子中央，頭頂突然響起劈啪的烈焰聲，他們急忙抬頭，只見漫天大火滾滾而起，一截被燒斷的木頭正轟然倒下，羅開懷尖叫著抬手去擋，緊接著便被朱宣文拉進懷中。

良久卻不見木頭砸下，這才意識到那不過是遊戲畫面，她從他懷中抬起頭，正對上他也略略發窘的樣子，不由得心中一陣竊喜，暗想他竟然對我捨命相救。

「這遊戲做得真是逼真。」他也抬起了頭，也不知是故意還是假裝。

她也順勢看去，只見「火勢」自頭頂蔓延，轉眼已遍及四周，他們彷彿置身一片燃燒的宮殿中，宮殿燒得看不出年代，一根根樑柱不斷倒下，空氣中響起木柴燃燒的劈啪聲，彷彿還有濃煙的味道。

是真的很逼真，又一根柱子迎面砸來，他剛鬆開她的手不由得又緊了緊。她暗自慶幸這個遊戲真是玩對了，「火勢」再燒得大一些吧。

然後她這麼一想，「火勢」便停了。畫面一轉，變得花紅柳綠，鳥鳴蝶舞，她正看得出神，畫面又一轉，四周喊殺聲沖天，戰馬疾馳，又一轉海嘯雲譎，又一轉滿目焦土……畫面越轉越快，很快便看不清周圍景物，只覺時光飛速流轉，自己如此渺小。

她有些期待地看向他。遙控器在他手中，按照遊戲規則，只要他憑直覺在任何時候按下按鈕，停下來的畫面，便是他們前世所處的場景。

他的手指卻懸在按鈕上，懸而又懸。

她第一次在他眼中看到了忐忑。

「沒關係，講解員不是說了嗎，不管任何時候按，結果都是一樣的。」

講解員還說，只要兩人今生遇見，便定是有前世的因由，不管是良緣還是孽緣，總之是有緣，所以測出的場景，必是兩人前世共同所處的場景。

有點像小廟門前算命師傅的話，但不知你和我的前世，是怎樣一幅場景？

雖說是遊戲，只要開始了，就很難再當它是場遊戲。她盯著他手中的按鈕，也慢慢收緊了呼吸。

他終於按下。

流光驟然停住，天空晚霞似火，四周紅牆金瓦熠熠生輝，赫然是宮殿一般的建築。她環視這些建築，覺得有點像北京的紫禁城，可是又有些不同，但若問哪裡不同，她歷史學得不好，所以也說不上來。她看向朱宣文，見他早已被畫面吸引，神色亦不是震驚所能形容。

難道上輩子，我們真是一對帝妃？

這念頭在腦中一閃，畫面便動起來。紅牆金瓦和腳下青磚地都向後退去，彷彿他們在向前行走。他們「走」過一座花園，鳥鳴啁啾；他們「走」過一道宮牆旁的小路，夕陽為他們投下長長的影子；他們走到一處院落前，畫面忽然停住了，哦，不，是他們的「腳步」停住了。她與他同時伸手去「推門」，門無聲地開了，鋪天蓋地的震撼感頓時洶湧而來，她本就被他握著的手被更緊地一握，只覺靈魂深處的某一點，被什麼東西捶打了一下。

那是一座寢宮，銅妝鏡，紗羅帳，她與他執手立於寢宮中央，慢慢地，心中升起異樣的感覺，不知有意還是無意，眸光撞上他的視線，她輕喚道：「皇上。」

他目光一顫，她自己也是一愣。我叫他皇上？

原本是不足為奇，這些天，她每天都這樣叫他，可是剛剛那一聲不同。騙過外人太容易，卻騙不過自己，她清楚地感到體內彷彿有另一個自己正在甦醒，是那個她在真真切切地叫他皇上。

心理學上有一個詞，專門用來形容這種感覺：人格分裂。

她霎時間嚇了一跳。不等她恢復過來，他已抬手撫上她臉頰，眸光溫軟如帳幔旁的燭光。

「愛妃。」

明明也是聽了許多天的稱呼，為什麼此刻聽來，會如此不同？好像她並不是聽了許多天，而是聽了千千萬萬遍，聽了許多許多年。

好吧，就算是人格分裂她也認了。因為，她好喜歡分裂出來的這個人格。

她想抬手撫摸他的臉頰，手至咫尺終歸不敢，只是搭在他的肩上。忽然覺得這西裝襯衫好礙眼，他應該穿著軟緞繡金線的龍袍，明黃的緞子上繡著九條龍，這裡一條，這裡一條，解開腰帶，衣襟裡面還有一條……

手上一暖，是手背被他捏住。

「皇上？」

他不說話，只深深看著她。

這樣溫馨的動作，這樣暖人的場景，為什麼他眼裡透出的，卻是那樣清晰的悲傷？為什麼我的心裡，也是同樣的悲傷？

沒有談過戀愛，一直好奇失戀的感覺，此刻這種悲傷，是不是就如失戀那般？不，這比失戀更痛，這是生離死別，是千愁萬緒，如果失去一個人是這樣的感覺，那還是永遠都不要愛過的好。

她一手撫著胸口，視線卻著了魔般被他吸引住。看著看著，心便也著了魔似的，沒來由地又改了主意。

如果失去一個人是這樣地痛，那麼愛著的時候會是怎樣的感覺？如果可以那樣刻骨銘心地愛一次，就算最終還是會失去，就算失去以後會狠狠地痛，那麼，也是值得的。

「皇上！」

肩上的手臂稍稍用力，將她拉入懷中，額上印下一個吻，她絲毫也沒覺得這有什麼唐突。

「皇上。」

她閉上眼睛，任自己貼近他的胸膛。髮上感到輕輕的撫摸，帶著他掌心的溫度。好想這遊戲永不結束。

彷彿過了很久，又彷彿只是一瞬，房間內響起一聲嗡鳴。羅開懷猛然醒來，見四周畫面已經消失，發出瑩瑩白光。

不過是五分鐘的遊戲，卻彷彿經歷了一生那麼長，她看著四周突然變空的世界，心也一下子變得空落落的。她從他懷中抬起頭，撞見他眸中的自己。

「你沒事吧？」他有些擔憂地問。

莫名其妙地一陣失落。他說「你」，而不是「愛妃」。她搖了搖頭，從他肩上直起身。

出了遊戲室，兩人一路都沉默著，無關乎心情，只是都不知道該說什麼，就好像你無法從一段人生順利切換到另一段人生。遠遠又傳來 Dave 尖細的喊叫：「皇上！羅妃娘娘！皇上！羅妃娘娘！」

羅開懷有些茫然地看過去。這兩個稱呼之前一直叫她頭疼，此刻聽來，卻忽然有種自己也說不清楚的感覺。

「奴才可找著你們了！」Dave 快急哭了，「算奴才求求你們，千萬別再丟下奴才一個人突然就不見了。」

羅開懷神色黯然：「對不起，以後不會再和你開這樣的玩笑了。」

Dave 反倒被她鄭重的態度搞得有些愣然，抓了抓頭髮，說：「那……那倒也沒關係。哦，對了，您不是要喝水嗎？」說著把水遞過去。

羅開懷接過，卻不喝，對朱宣文說：「皇上，臣妾有些累了，我們回宮去好嗎？」

朱宣文淡淡地點頭：「當然，愛妃今日累了一天，是該回去休息了。」

回程一路無話，Dave 似乎也感覺到氣氛不對，在駕駛鏡裡一會兒看看這個，一會兒看看那個，好幾次想開口，終究是忍住了。

第七章　前世回溯

「人在催眠狀態下說的話，本身就有半分不可信，所以被催眠者口中的『前世記憶』，我們無法確定那到底是他的幻覺，還是真的前世記憶。」

1

是真的累了，羅開懷一回來就趴到床上，原本只想小憩一會兒，誰知倦意無邊，剛一闔眼意識就漸漸遠去。

恍惚中好像又回到了那個遊戲。不，這一次不是遊戲，紅牆金瓦都那麼真切，她也穿了一身古代衣裙，只是……他在哪裡？皇上呢？她有些驚慌，茫然四顧，卻不見他的身影。她在宮道上跑起來，到處都不見人影，她的一顆心越提越高，越提越高。

終於找到他了！她急急收住腳步，心差點就跳出來。他著一身繡金龍袍立在一座雄渾大殿前，殿簷高聳入雲霄，簷下匾額上幾個蒼勁大字：奉天殿。

「皇上！」她驚喜地奔向他，卻見到他滿目悲涼。

兩支長槍突然架在眼前，她一驚，轉身，看見黑壓壓一眾兵將。恍然憶起宮城已破，眼前皆是叛軍，為首叛賊向她踱步而來，駭人微笑間，森白刀刃貼上她頸項。

全部憶起來了，她是逼他退位的籌碼，是叛賊手中最後一張牌，用以換一塊遮羞布，遮住謀反篡位的罪名。她向他看去，極度悲涼間隱隱竟然生出喜悅，她拔下頭上的玉簪，最後看他一眼，火紅霞光中他長身玉立，天人一般。

簪尖猛然刺入頸項，霞光下他的面容變得模糊，她不捨地慢慢闔上眼睛，用盡餘力記住他的容貌。

2

猛然睜開眼，羅開懷坐起身，一手按在頸上，好像還在隱隱地疼。

又做了那個夢。

她坐在床邊喘息，習慣性地回憶夢境，本以為還會如以往般飄忽不定，不料這一次畫面卻格外清晰。似乎是一場謀反，大殿前反賊逼宮，年輕的皇帝絕不退位……等一下！

她猛然閉上眼睛，皇上……那個皇上！

再睜眼，這一次無比確定。夢裡的皇上怎麼會有一張朱宣文的面孔？她茫然地站起身，環視這間古色古香的臥室，銅妝鏡、紗羅帳，還有這精雕臥榻，雖不是遊戲裡的模樣，倒也有幾分相似。她在這裡住了許多天，每天都見到他，白天又剛和他一起經歷了那個遊戲，所以，潛意識把他代入夢境，也是可能的吧？

對，這是一個合理的解釋。

她走到窗邊，下意識地推開窗扇，外面紅霞滿天，連餘暉都和夢裡一模一樣。這真的只是一個夢嗎？

合理的，未必是正確的。

學校裡的老師告訴她，所謂前世記憶是不可確信的，可也是學校裡的老師告訴她，要相信身體，而不是意識，要相信感覺，而不是知識。

可是，如果我的身體和感覺堅信那就是前世記憶呢？我到底，該不該信自己一次？

她在屋子裡踱著步，腦中好像有什麼思緒，卻又亂亂的，一時捉不住。她不斷掃視這間屋子，掃視著，掃視著，終於，目光停了下來。

倒不是發現了什麼特別的東西，正相反，住了這麼多天，這裡的每一樣東西她都已經太熟悉了，正因熟悉，才會對近在眼前的事實視若無睹——朱宣文得妄想症是最近才發生的事，而這所房子的復古裝修卻顯然有些年月了，如果他以前完全沒有這方面的症狀，誰會把家弄成這個樣子？

記得那次問Dave，朱宣文以前有沒有過妄想症病史，Dave說沒察覺，她便也沒有多想，如今想來，自己當時是多麼愚蠢，作為一名心理醫生，這種問題根本就不用問Dave。

可是，Dave那時也的確不像在騙她，還有老董事長的態度，這也是她當時選擇相信Dave的原因。這到底是怎麼回事？她把雙手按在頭上，腦中滿是迷亂的碎片：復古大宅、滿屋古董、妄想症、夢裡的他……

突然，她睜開眼，腦中彷彿有一道電光劃過，所有碎片剎那間都有了意義。

她被自己的猜想驚得僵在原地，良久走到桌邊，又良久才慢慢坐下，過了一會兒，翻出手機快速查找，手指最終懸在一個名字上方。

方遠山，那是她在學校念書時最崇敬的一位教授。方教授一生致力於心理學研究和教學，在學校裡威望無雙，雖無行政職務，但不要說院長，就連校長也要敬他三分。

她猶豫又猶豫，手指終於按下。

很快就接通了，方教授的聲音一如既往地溫和，感覺也一如既往地敏銳，不待寒暄完畢就察覺出她的小心思。

「開懷，你是遇上什麼難解的病症了吧？」

羅開懷鼓起勇氣，把朱宣文的病症簡要介紹了一遍。

「的確有些特別，不過你專門打電話過來，應該不只是問我診治意見吧？」

「嗯……我其實是有一個猜測，但又覺得太荒謬，所以想聽聽您的意見。」

方教授笑道：「看來是個很大膽的猜測了？」

她深深地吸了口氣，又沉默片刻，終於鄭重地點頭：「方教授，我知道這個猜測說出來，可能會受到您的批評，可我想來想去，還是決定說出來。我懷疑他是保留了前世的記憶，車禍前，這記憶一直被他當作祕密保留在心裡，所以外人也就無從知曉，但這記憶對他來說又太珍貴，他便把家改造成現在的樣子，藉以不時沉浸其中；車禍後，也許是前世記憶從潛意識掙脫了他意識的控制，所以看起來，他就好像是得了妄想症。」

電話那邊是一段短暫的沉默，羅開懷覺得手心都出汗了。她幾乎都能想像出方教授會怎樣批評她：同學，既然你知道會受批評，為什麼還要說？這問題你與其問我，倒不如去問問廟裡的和尚，哦，對了，順便上炷香，也許回來你病人的病就好了。

誰知方教授開口，語氣卻依然認真：「你這樣推測，是因為還有什麼別的依據嗎？」

羅開懷一愣，一邊暗自讚嘆果然是方教授，一邊還是搖了搖頭。

總不能說因為我也常做一個奇怪的夢，所以我懷疑自己也保留了前世記憶，而他就是我夢裡的人，我和他可能前世是一對帝妃吧？

「倒也……沒什麼別的依據。」

方教授似有所悟地「嗯」了一聲，倒也沒有追問，只是說：「這個猜測的確很大膽，超出了我能回答的範圍，按照目前的科學認知來看，這當然是不可能的。」

「……哦。」

「不過你念書的時候，我也常對你們說，當代科學對人類自身的認知尚淺，而科學最寶貴的精神就是探索未知。科學從不會停止探索，也從不對未知輕易說不，所以，對於你這個猜測，我現在雖然不能支持，但也不能貿然否定。」

沉到觸底的心又忽地一彈，羅開懷向前探了探身子：「真的？可是國內心理學界不是反對人有前世這種說法嗎？」

「是不支持『前世回溯』，而不是反對人有前世。人在催眠狀態下說的話，本身就有半分不可信，所以被催眠者口中的『前世記憶』，我們無法確定那到底是他的幻覺，還是真的前世記憶。對不能確定的東西，我們當然也就無法認可它。」

羅開懷思索著點點頭，又說：「可是無法證實，也無法證偽呀。」

「沒錯，這就是為什麼我沒有貿然否定你的猜測。」

「那您的意思是，我有可能猜對了？」

「我現在只能說，我不知道。」

這就夠了，這已經夠了！掛上電話，羅開懷感到無比振奮。她原本是做好了被痛批一頓的準備的，沒想到竟然得到這樣的回答。這是方教授，是全院最具盛名的方教授！連方教授都沒有否定她的猜測！她很興奮，又隱隱地失落，如果當年她第一個請教的人是方教授，那麼今天，她對前世回溯和自己那個夢境是不是會有不一樣的看法？不過這失落又轉瞬即逝，現在改變看法也不遲啊！

朱宣文說，他是明代建文帝。

她興奮地翻出電腦，打開搜尋網頁面，深呼吸後鄭重地鍵入三個字：建文帝。

出乎意料地，查到的資料卻不多。除了他是朱元璋的孫子、明代第二位皇帝、在位四年即遭叔父謀反，其他就再沒什麼有價值的資訊了。

連畫像都沒有留下一幅，明代十幾位皇帝，他是唯一沒有留下畫像的一位。還有後宮嬪妃檔案、生活起居錄，所有這些帝王該有的東西，都被後來的永樂皇帝銷毀了。她上下滑動著網頁，確認是真的再沒什麼有用的資訊。

毀得可真徹底。

她闔上電腦，似乎隔著幾百年歲月滄桑，仍能感受到當年那場皇權之爭的慘烈。年輕的皇帝輸掉了江山，輸得片紙不留；英武的皇叔贏得了天下，卻終生走不出自己心裡的陰影。他以為銷毀了史料，便可以遮蔽世人的眼睛，卻不知上下幾千年，人們早已目睹太多這樣的故事，沒有了史料的牽絆，人心反倒看得更清楚。

徹底的毀滅源自瘋狂的嫉恨，而瘋狂的嫉恨源自內心的恐懼。從心理學的角度看，永樂皇帝似乎是自己把自己釘在了篡權者的恥辱柱上，一生都沒有解開這個心結。

獎勵是垂涎已久的江山，代價是一輩子內心不安，如果這算一場交易，不知是值還是不值？如果可以重來一次，不知永樂帝又會如何選擇？還有那年輕的建文帝，如果重來一次，他還是會輸嗎？歷史究竟是一條注定的軌跡，還是無數偶然的集合？

正兀自胡思亂想，電話鈴忽然又響起來。羅開懷一愣，見還是方教授。

「開懷啊，我剛才忽然想到一件事，」方教授開門見山，連寒暄都省了，「如果這位患者有家譜，你不妨去查一查，看他的口述在家譜裡能不能找到相吻合的人和事，如果能找到，也算是一種佐證。」

「家譜？方教授您是說……」羅開懷眼前一亮，彷彿有什麼重要線索躍入腦中，只是一時還抓不住。

「當然了，如果沒有家譜也沒關係，」方教授又笑著說，「畢竟這種情況極為罕見，即便是有，也未必能找到經歷相似的先祖。總之這只是我的突發奇想，說給你聽，當參考吧。」

方教授似乎自己也對這想法沒什麼信心，可是羅開懷聽了，腦中卻彷彿有一道閃電劈開黑夜。

朱宣文的家譜自然無須再考，因為反正也考不到什麼，可他們羅家卻是確確實實有家譜的。她還記得從小到大常聽爸爸吹噓家史，說他們羅家有位先祖曾做過明朝正二品龍虎將軍。如果出過將軍這事是真的，那羅家會不會也出過一位妃子？如果不但出過，還剛好是建文帝的妃子……

她之前從不相信爸爸的吹噓，只當他是信口胡說，可是今天卻第一次由衷地祈禱這胡說是真的。

掛了方教授的電話，她只覺得全身血脈僨張，毫不猶豫地打給了爸爸。電話很快就接通了，爸爸心情似乎也不錯。

「開懷呀，你知不知道爸爸我今天賺了多少錢？一開盤就漲停，漲停的呀！連著好多天啦！」

「爸，股票的事先不說，我有件要緊事想問您。」

爸爸實在是心情奇好，難得地好脾氣：「好的呀，問吧問吧，什麼事？」

「您不是常說咱們家在明朝的時候，曾經出過一位將軍嗎？這件事到底是不是真的？家譜裡有記載嗎？」

「當然是真的，千真萬確！」爸爸言之鑿鑿，但緊接著卻又語氣一軟，「不過，家譜裡卻沒有記載的，是羅家代代男丁口耳相傳下來的。」

她心中一緊：「那是為什麼？」

「據說當年是怕殺頭，」爸爸有幾分神秘地說，「因為咱們那個老祖宗啊，他雖然官做得大，可是命不好，跟了個倒楣的皇帝，叫什麼建文帝的。」

「建文帝？！」

「對對對，就是建文帝，有帝王命，沒帝王福哦！才做了四年皇帝就被他叔叔奪了位。」羅開懷平時從不關心這段家史，今天突然如此感興趣地問，這讓爸爸很是興奮，嘮叨多年的話題終於有了聽眾，講起來滔滔不絕。

「咱們那位先祖，哦，名字叫羅錚的，就是為了支持那個倒楣的建文帝，結果打仗打到全軍覆沒，最後自己也戰死了，後來新帝上位，羅家搞得滿門抄斬，淒慘得很呢。後來據說是下人們拚力救出羅家一條血脈，這才有了今天咱們這些後人。」

「您是說，羅家那位先祖羅錚，曾因為效忠建文帝而與朱棣對抗，最後全軍覆沒？」

「就是啊！說起來，咱們羅家祖上也算一門忠烈，只可惜效忠了個倒楣皇帝，結果搞得差點滅族。」爸爸感嘆地說，「當時為了逃命，連羅姓都不敢用，哪裡還敢把這些事寫進家譜裡？後來是一直到明朝滅掉了，咱們家才恢復羅姓。」

窗外晚霞越發火紅，一陣晚風吹進來，羅開懷只覺胸中激蕩，拿著電話竟然什麼都忘了說。

「開懷？喂，閨女，你聽得見嗎？」

「哦，我在聽。」羅開懷急忙回神，想起最重要的問題，「爸，那羅家祖上除了那位將軍，還有沒有出過別的人物，比如……妃子什麼的？」

「咦？閨女，你今天怎麼對這個話題這麼感興趣？」

羅開懷急得抓心撓肝：「就是心血來潮，您快告訴我啊，有還是沒有？」

「還真被你給猜著了！」爸爸哈哈笑道，「那個羅錚的妹妹曾經進宮，本來一開始只是個貴人，後來建文帝見到她，喜歡得不得了，一路升為貴妃呢，人稱羅貴妃。」

「羅貴妃？！」

「沒錯，就是羅貴妃，只差一步就是皇后了。」爸爸長嘆一聲，「哎，你說這兄妹倆，本來一個在外領兵，一個在宮中得寵，明明是奔著外戚專權去的戲碼，結果趕上皇上倒楣，生生給改成滿門抄斬了，哈哈哈哈。」

隔著幾百年的時光，曾經驚天動地的悲傷也已淪為笑談，爸爸雖是羅家後人，語氣裡也滿是戲謔，聽不出半點憂傷。

羅開懷滿心滿腦充斥著「羅貴妃」三個字，整個人凝固了一般，無言良久，終於又問：「爸，那你知道羅貴妃最後的結局嗎？」

「這我可就不知道了。別說她，那建文帝最後下落都成謎，誰會在意她一個妃子的下落？多半是慘死了吧。」

又一陣晚風吹來，床邊紗幔拂動，映在銅鏡裡，彷彿帶著來自另一個時空的嘆息。

「啊，不對！」爸爸突然又說。

「什麼？什麼不對？！」

「今天怎麼不是漲停？」

「……」

聽筒裡傳來弟弟的聲音：「爸！爸！你快看，TR集團怎麼有負面消息？有人說它明天還會跌。」

「啊，沒事，漲這麼多天了，回跌一點也正常，」爸爸嘴上這麼說著，聲音卻沒那麼淡定，「開懷啊，我這邊忙，不和你多說了啊。」之後便匆匆掛斷了電話。

羅開懷仍沉浸在一種難以名狀的情緒裡，一時什麼都忘了，也是第一次沒有因爸爸炒股而生氣。

3

晚餐又是那家私房菜餐廳送來的。羅開懷記得，上一次吃這家餐廳送的晚餐，還是她初到朱家那一天，算起來，到現在也不過一個星期，卻覺得已經過了很久，就好像白天在遊戲裡，明明只有五分鐘，卻像過了一輩子。

「愛妃怎麼不吃?」朱宣文認真地問，「是不喜歡菜的味道嗎?若是不喜歡，朕叫他們重新做。」

朱宣文的聲音將她叫醒，她忙拿起筷子，想了想說：「臣妾喜歡，臣妾只是在想，皇上怎麼又吃起御膳房做的菜了?是不是臣妾的手藝這幾天不合皇上胃口?」

說這些話的時候，她有一種難以言喻的奇妙感。如果是今天之前，她一定會覺得自己人格分裂，可是現在，在經歷了白天的種種，特別是方教授和爸爸的電話之後，她忽然很想放任自己，任自己猜想也許這並不是人格分裂?

「依朕的胃口，當然更喜歡愛妃的手藝，」他笑著說，「可是今日出宮巡遊，愛妃勞頓了一天，朕怎麼捨得再讓你下廚?」

餐桌兩旁的落地燈做成復古宮燈的樣式，明亮的燈光照在他好看的臉上。

不知當年的羅貴妃，曾是怎樣的寵冠後宮?

朱宣文盛了碗蓮藕湯給她：「白天累了一天，蓮藕湯補益氣血，愛妃多喝一點。」

皇上盛湯給她，這些天還是頭一次，她有些受寵若驚地接了，低頭喝下一口，抬起頭，見他的目光仍未從她這裡移開，一下臉熱，急忙又喝一大口。

「嗯，真好喝。」

「是嗎，那就多喝一點。」

忽然記起不知以前在哪本書裡看過：愛一個人到極致，便是想看著他好好吃飯。

耳根一熱，沒來由地脫口而出：「皇上也多喝一點。」

他點點頭，收回目光安靜地吃飯。

忽然又懷疑自己想多了，也許只是餐廳送來的湯太多，他怕喝不完浪費？正兀自出神，忽見碗裡又多了個琵琶腿。

「這琵琶腿是今天主廚特別做的，據說做法是他的家傳，別處吃不到，愛妃也嚐一嚐。」

怕他看見臉頰飛紅，她急忙低頭吃起來，餓壞了似的。於是很快，碗裡的琵琶腿又多了一個。

晚餐後，羅開懷第一次沒給他吃藥。倒是朱宣文還記得，主動問道：「愛妃，今日的補藥呢？」

「……呃，補藥也是藥，是藥三分毒，這補藥皇上吃了有段日子了，所以，也該停一停了。」

後來，當她得知這藥真的是有毒的，不禁為自己這天的話頗感驚訝。其實她當時只是想隨便找個理由不給他吃藥而已，至於原因，她自己也不是很清楚。也許是因為方教授和爸爸的電話，讓她相信他並不是得了妄想症那麼簡單，又或許是潛意識裡，她並不希望他快點好起來。

4

「TR新任掌門高調露面，揮金如土擊破病重傳聞！」「豪買半座商場，只為聽句萬歲，豪門的世界你不懂！」「有錢就叫萬歲，這個世界怎麼了?!」……

無憂心理診所休息室裡，小劉一邊神采奕奕地瀏覽著網頁，一邊聲情並茂地讀著標題，周圍站了一圈長脖子醫生。

「帥！太帥了！」小劉說著又把臉往螢幕上貼了貼，螢幕上是一張朱宣文身著西裝的側面照片，像素不高卻依然帥得滿屏生輝，「人帥也就算了，還這麼有錢，有錢也就算了，還這麼豪爽，這要不是得了精神病，可讓我們這些普通的職場精英怎麼比?」

「醒醒吧你，」一個女醫生開玩笑說，「你以為人家有精神病你就比得了嗎?人家的病有治好的那一天，你呢?你是有變帥的那天，還是有變有錢的那天?」

「不像話，太不像話！」小劉憤然轉身，義正詞嚴地說，「身為一名心理醫生，你難道不知道，語言有時候比刀子更傷人嗎?」

「自視過高也是病，」女醫生笑說，「我這是幫你義診呢。」

大家一陣哄笑，哄笑聲中卻也有人憂心忡忡。

「我說，羅開懷這回禍闖大了，說好的保密治療，她怎麼把人往商場裡帶？還鬧這麼大動靜。」

馬上有人附和：「是啊，萬一病情宣揚出去，病人家屬要追究的，到時咱們診所恐怕要負責任。」

「我就說嘛，這麼特殊的病人，怎麼能派個實習醫生去？簡直是胡鬧。」

小劉想了想，搖著頭說：「我看也沒那麼嚴重，現在網上關注的焦點都集中在『土豪任性』和『土豪憑什麼這麼任性』這兩點上，至於妄想症這事，估計咱們不說，家屬不說，別人也想不到。」

「喂喂，你們看，你們看！」櫃檯小麗連櫃檯也不守了，舉著手機跑進來，「『石破驚天，朱宣文豪舉另有隱情！』手機上也報這件事了！」

大家一驚，爭先恐後地湊上去。

「TR集團新任董事長、英俊貴公子朱宣文自半個月前神秘消失後，昨日突然在一商場揮金如土。」小麗大聲念道，「據神秘知情人透露，朱宣文此舉並非性情乖張，而是另有隱情，他半個月前突然遭遇車禍，醒來後便患上了一種十分罕見的妄想症……」

小麗弱弱地斂住聲，眾人也一時都目瞪口呆。喧鬧的休息室安靜下來，因為剛才實在是太喧鬧，也就顯得此刻實在是太安靜。

突然，安靜中就聽遠處桌邊傳來「duang」的一聲。眾人驚訝轉身，只見一直獨坐在那裡的Linda鐵青著臉，手中水杯緊握，桌上卻沾著點點水漬。

「看什麼看？不認識啊？」Linda瞪著眼睛吼一句，直接甩門出了休息室。

「招她惹她了？」待人走得沒影了，小麗才弱弱地說。

眾人一時沒出聲，只是臉上都掛著了然而不屑的神情。小劉見小麗實在茫然，解釋說：「她那是妒火中燒呢。你想啊，這事要不是當初羅開懷換下了她，昨天陪朱宣文在商場豪買的就是她呀。羅開懷昨天那一身，上上下下加起來，起碼有幾十萬吧？」

小麗不確定地問：「可是Linda那麼生氣，難道就為了那一身奢侈品？」

「這你就不懂了吧，」小劉擺出一副心理學界資深泰斗的架勢，「性與金錢，是驅動人類所有行為的兩大天然動力，無論多麼荒唐的行徑，多麼精心的偽裝，你盯著這兩大動力看，都能迅速撥開迷霧看到本質。」

小麗認真想了想，還是搖頭：「那她也可能不是為了那身奢侈品，而是為了朱宣文這個人呢？」

小劉揮舞在半空的手滯了一瞬，思索片刻，由衷讚賞地說：「小麗，你有學心理學的天賦啊！」

5

所長辦公室的門關著，Linda怒氣沖沖地推開，又「砰」地關上。秦風正盯著電腦螢幕沉思，見她進來，微微抬了抬眼皮。

Linda把手機往秦風桌上一扔：「怎麼樣？看看怎麼樣？你當初把我換下來，執意派她去，現在怎麼樣？她病沒給人家治好，倒惹出這麼大麻煩！人家朱宣文的家屬是什麼人？追究起來，動動手指就可以讓我們診所倒閉的！」

秦風盯著她看了一會兒，慢慢扯起一個意味深長的笑：「怎麼突然這麼關心診所了？」

「我……」Linda語滯，頓了頓，轉而怒道，「我關心診所還不是因為你？怎麼，難道我沒資格關心嗎？」

這一招果然管用，秦風轉而笑臉相迎，從辦公桌前走出來，摟住她肩膀。「有資格，當然有，我的小寶貝，」又耐著性子扶她到沙發上坐好，「只是這次的麻煩實在不小，我也是疲於應付，你就別和我計較了吧。」

Linda氣哼哼地坐下，語氣稍稍軟了些：「我怎麼會和你計較？我急匆匆進來，還不就是為了幫你想辦法？」

「哦？」秦風笑，「你有什麼辦法？」

Linda想了想，坐正了身子，說：「告訴你我的辦法之前，你首先要知道自己錯在哪裡，你錯就錯在信錯了人，之前總覺得羅開懷比我專業能力強，現在如何？知道錯了吧？」

秦風把她又摟得緊了些：「知道知道，你才是最好的。」

Linda扭扭身子，流光顧盼間，粉白頰邊綻開兩朵梨窩。「所以啊，在哪裡錯了，就在哪裡改過來，你現在最好的辦法，就是把她叫回來，換我去啊。」

秦風保持著摟住她的姿勢，臉上的笑容半分也不減，只是目光一圈又一圈地打量著她，看得Linda有些毛毛的。

「喂，行就行，不行就不行，你這樣看著我幹什麼？」說著噘嘴靠在沙發上，扭過頭去，「你果然還是不信任我。」

這一次秦風卻沒有立即哄她，笑意也慢慢散去，只是目光仍環繞在她身上，一圈又一圈。

「行，」思慮良久，他忽而又笑著說，「就按你說的，派你去。」

「……真的？」

「只是羅開懷不必回來，畢竟朱宣文腦子不清楚，你一個人在那邊，我不放心，有她在，你們也好互相照應。」

「有什麼可照應的？有她在才麻煩！」Linda脫口而出，說罷又意識到什麼，搗了搗嘴，「我是說，她水準那麼差，有她在，會給我添亂的。」

秦風並未追究她話裡的意味，只是語氣也不容置疑：「你去以後，多留心朱宣文的病情、日常起居、身體狀況，把你和羅開懷的工作每天向我彙報一次，還有，」說著起身走到辦公桌邊，打開抽屜，取出一個小藥瓶遞給她，「這個藥，每天飯後給他吃一顆。」

Linda 皺眉看了看瓶身：「這是什麼藥啊？我怎麼沒見過？」

秦風背對著她關好抽屜，轉過身，微笑著走到她身邊坐下。「你當然沒見過，這是國外的新藥，又貴又難得，但就一個優點：療效好。」

Linda 把藥拿在手中琢磨了一會兒，又瞧瞧秦風：「羅開懷走的時候，你沒給她帶上一瓶？」

「前天才寄到，本想這兩天拿給她，誰知她就給我捅這麼大個婁子，還是你可靠，這藥交到你手上，我才放心。」

「那如果換了這個，羅開懷現在用的藥，需要停嗎？」

「這個我會和她交代，你只要保證朱宣文每天按時服下你手中的藥就可以，記住，一定要親眼看著他服下，妄想症患者常常想方設法拒絕吃藥。」

Linda 又琢磨了一會兒，點了點頭：「行，醫囑我記下了，還有別的交代嗎？」

秦風笑著把摟在她肩上的手移到腰間，豐厚的嘴唇貼近她耳畔呢喃：「還有最重要的一條，千萬千萬記好了。」

「什麼？」

「每天一個電話，不打會要了我的命。」

Linda 嗔笑著推開他：「那我倒要試試看，會不會真的要了你的命。」

「我的小心肝，求你別折磨我。」秦風又將她一把摟回去，「把你送到那樣一個大帥哥身邊，每天要是聽不到你的消息，要我怎麼放心得下？」

「不放心就別送我去。」

「好好好，我說不過你。」

兩人又膩了一會兒，Linda 終於脫身離開了所長辦公室。關上門的那一瞬，她從衣服口袋裡拿出藥瓶，放在眼前瞧了瞧。

6

「你弄清楚，這是命令，不是商量，」秦風在電話裡不容置疑，「Linda 今天就會趕到，到時你務必想好怎麼把她留下來。」

「所長，你這樣讓我很為難啊。」羅開懷抓著電話奮力哀求，夏日的陽光將身後的假山石烤得熾熱，卻遠不及這通電話更讓她坐立不安。

「哦？是嗎？我讓你為難？那你昨天在商場拉風的時候，有沒有想過你的行為會讓我們所有人為難？」

羅開懷痛苦地閉上眼睛。把老好人都氣成這樣，可見自己昨天的禍真是闖大了。

「你知不知道，朱宣文他不是普通的病人，昨天那場鬧劇讓他的病情曝了光，如今各大網站都在熱炒這件事，不要說委託人很不滿意，今天**A**股開盤都直接下跌！」

「啊？影響**A**股啊，不會這麼嚴重吧？」

「**TR**集團新任董事長被曝得妄想症，會不會連累**TR**集團股價受重創？」

「……這倒有可能。」

「**TR**是行業龍頭，它的大跌會不會連累整個行業股價下跌？」

「好像，也會的哦。」

「整個行業下跌，會不會連累**A**股下跌？」

「……」

羅開懷痛苦地閉上嘴，雖然她一向不炒股票，不過也覺得秦風所言似乎有點道理。自己昨天帶朱宣文出門，原本只是想幫他治病，誰料竟然鬧出這麼大動靜，想到那麼多人的投資受到影響，她簡直覺得自己罪孽深重了。

她痛苦地抓了抓頭髮。

「朱宣文的家屬是TR集團的董事，」秦風接著說，「現在人家已經放出話來，如果我們不能在短期內消弭影響，他們會讓診所付出相應的代價。」

「是……什麼代價呢？」

「倒閉。」

「不是吧？！」她立刻就尖叫著從石頭上跳起來。

人通常都是這樣的，哪怕是闖了天大的禍，你對他說：看，你的行為使多少人陷於水深火熱當中？他最多覺得自己好內疚啊，真是過意不去啊。可是如果你說：為了以示懲戒，現在要罰光你的每一分錢。他這才會深刻地體會到自己闖大禍了。

這就是愧疚與切膚之痛的區別，所以要想真正地觸動一個人，一定要讓他感到切膚之痛。

「現在不是慌張的時候，」秦風反倒沒了剛才的怒氣，鎮定地說，「當務之急是要想辦法讓朱宣文的病快些見起色，只要他能以正常狀態見媒體，哪怕只是簡短見一下，也足以扭轉輿論了。」

「可是，以他目前的狀態，恐怕很難短期內見起色啊。」

「那你以為我為什麼派Linda過去？」

「可是Linda她……」

「怎麼，你覺得Linda的水準不如你？」

雖然是很想這麼說，可是她也知道，自己目前是戴罪之身，萬萬沒有資格說這種話的。

「那倒也不是。」

「不是就好，Linda 現在已經動身了，我要求你在她趕到之前，務必和那個生活助理溝通好，給她在朱宣文面前安排一個合理的身份。另外 Linda 去了之後，一切治療以她為主，你只要配合她就行。哦，對了，」秦風輕描淡寫地說，「你那個藥也停一停。」

這就表示自己從主治醫生直接被貶為助手了？羅開懷「嗯」了一聲，失落之餘，暗想，既然這樣，何不乾脆把自己調回去？不過想歸想，終究是沒有問。萬一問了，秦風說：對呀，我怎麼沒想到？然後真的把自己調回去可怎麼辦？

掛了電話，她鬱悶地靠在背後的假山石上。

「愛妃可是頭痛？」身後一個聲音慢條斯理，不是他是誰？

她一個彈跳從石頭上坐起來：「皇上，我……我……」

朱宣文失笑：「朕有三頭六臂嗎？愛妃何以如此驚慌？」

「呃，臣妾不是驚慌，」她倉促間四下環顧，「是被這假山石燙的，陽光太熱，把石頭都烤熱了。」

「哦？」他還真的伸手去摸了摸那石頭，「果然很熱，」說罷又抬頭看看天，笑著說：「天氣炎熱，愛妃陪朕去避暑亭那邊坐坐可好？」

涼亭修在水池中央，四周水氣環繞，中央擺上瓜果涼茶，倒確是個避暑的好去處。只是 Linda 這名字此時擱在她心裡，就像顆定時炸彈，不先解決了這事，就算給她個冰窟窿她也一樣涼不下來。

「皇上，臣妾心裡有件事，不知當講不當講？」

朱宣文已經走出幾步，聞言轉身回來，看著她欲語還休的樣子，不由得三分好奇，七分有趣，笑著問：「愛妃有何心事？直言便是。」

陽光下他的笑容帥得她芳心一顫，她生生克制住按壓心臟的衝動，暗想，自己若真的是他的妃子，絕不願和任何人分享他，又一想，這不是廢話嗎？自古哪個妃子不想得到帝王專寵？又一想，那不一樣，那是不一樣的。

他奇怪地看著她。

她這才反應過來自己想太多了：「啊，皇上，臣妾是想，您貴為天子，理應恩澤萬民，所謂皇上之愛，就是帝王之愛，帝王之愛，貴在廣而不在專，理論上應該雨露均沾，一視同仁……」

「愛妃到底想說什麼？」

「呃，皇上再納個妃如何呀？」

「……」

她仔細琢磨著他的表情，思忖他這是同意呢，還是不同意呢？如果不同意，她還要再想些說辭力勸才行，那樣的話，豈不真成了「我勸皇上雨露均沾，皇上卻偏獨寵我一人」？

正胡思亂想，忽聽大門處傳來門鈴聲，她陡然一驚，緊張得簡直不知怎麼辦好。Dave 一邊嘟噥著會是什麼人，一邊走去開門，嚇得她一把抓住他衣領。

「還是我去開門，我去！」

「……」

她也沒時間解釋，只快步朝大門口走去。剩下假山這邊朱宣文和 Dave 面面相覷。

「少爺，她今天是不是哪裡不對勁？」

「我也正在琢磨這個問題。」

7

厚重的大門悠悠推開，眼前卻是一位五十多歲的男子，或者更年輕些。男子健康的身體著一身得體西裝，屬於那種一見面就讓人情不自禁想對他說「您好」的類型。

「您好，」羅開懷見不是 Linda，心下一鬆，小心問道，「請問您是……？」

「你好，我姓梅，梅長亭，是宣文的姑丈。」男子遞上名片。

一聽「姑丈」兩字，再一看名片——TR 集團獨立董事，羅開懷剛放下去的心又突然提了起來——

完了，這一定是家屬來興師問罪的。但是再一看男子神色，卻又不像是含著怒氣的。

不過不管怎麼說，總該自己先道歉：「梅總您好，我是朱……董事長的心理醫生，昨天的事真是非常抱歉。」

「哪裡哪裡，」梅長亭十分激動地說，「羅醫生，是我要謝謝你，謝謝你在這麼短的時間內讓宣文的病有所好轉。」

「……」

好轉？他哪裡好轉了？羅開懷迅速判斷出他應該不是那個對她不滿的委託人，可對他的話又一時不知如何作答。

好在Dave及時趕來：「哎喲，原來是梅總，快請進，請進！您要來怎麼不早說呢？我好專門出來迎接您。」

梅長亭則沒那麼客套，開口就問：「小戴，宣文的病好得怎樣了？」

「這個……」Dave眨著眯眯笑的眼睛，瞥向羅開懷。

羅開懷只好接住：「不好意思，梅總，董事長的病情並不樂觀，恐怕還需要些時間才能見起色。」

「怎麼會？我在昨天的影片裡明明看到他好多了。」

「呃，影片只是截取的片段，有時會給人造成錯覺的。」

「不會，不會是錯覺！」梅長亭十分肯定地說，「我從小看著宣文長大的，他好不好，我會看不出來？我今天，就是特地來看看他好到什麼程度，你們快帶我去見他。」

對梅長亭這態度，羅開懷也是無話可說。對每個人而言，這世上的事實都分兩種，一種是客觀的事實，另一種是人心裡的事實。通常一個人心裡想要什麼，他就會傾向於看到什麼，比如一個女孩子花癡地暗戀一個男神，有天人家只是對她說句「早上好」，她也會春心萌動一整天，暗想他是不是也對我有意思。

如此說來，這個梅總是特別希望朱宣文的病好起來了？資料裡說，朱宣文的姑姑早年病逝，他現存的親人一位是那個叫作朱力的二叔，還有一位就是這個沒有血緣關係的姑丈了。

秦風從沒向她透露過那個找到診所的神秘委託人是誰，但想來也應該是他們兩人之一。秦風剛剛說委託人對她很不滿，梅長亭的態度看起來不像，那麼，就說明委託人是朱力？

Dave 將梅長亭請進去，羅開懷一邊胡思亂想著，一邊跟在他們身後。

8

「梅總，我還是得跟您說清楚，」Dave 推開迎客廳的門之前，又殷殷地叮囑一遍，「少爺的病是真的沒什麼起色，您一會兒見著他，千萬得注意言行，可別刺激了他。」

梅長亭半信又半不甘心地點點頭，隨 Dave 踏進那個寬敞的大廳。

六扇窗子全開，陽光普照，朱宣文端坐在居中的「龍椅」上，像煞有介事地刮著茶。

「啟稟皇上，駙馬爺梅大人到了。」Dave 躬身說。

駙馬這稱呼也是他們剛編的，梅長亭是朱宣文的姑丈，算起來也該叫駙馬，不管他認不認，總得有個稱呼。

梅長亭立在 Dave 身後，仔細觀察著朱宣文。

朱宣文抬了抬眼，又繼續刮他的茶：「駙馬？朕怎麼看著眼生啊。」

梅長亭眼皮一跳，自進門以來一直撐著的神色終於撐不住，兩行眼淚滾滾溢出：「宣文，你還是不認識我嗎？我是你梅姑丈啊！」

「你叫朕什麼？」

「宣文，你在裝瘋對不對？你騙得了別人，可騙不了我！」

「大膽駙馬！」朱宣文喝道，「御前放肆，可知何罪？」

梅長亭一愣，半晌終於以手掩面別過臉去。羅開懷看得心中動容，將他扶到旁邊椅子上坐下。

Dave 使勁使眼色，總算叫梅長亭認清了現實。

「皇上……近來身體可好？」梅長亭坐穩了，悲悲戚戚地問。

朱宣文便斂了怒氣，慢悠悠喝了口茶：「勞駙馬惦記著，還不錯。」

梅長亭更加悲戚地哀嘆一聲，彷彿皇上身體不錯，倒叫他越發難過似的。

羅開懷遞茶過去，梅長亭投來一個感激的眼神，接過茶杯在嘴邊比了比，終究是沒心思喝。

朱宣文拿眼角掃了掃他，柔聲問：「朕近來久未上朝，駙馬以及朝中大臣可都安好啊？」

應該就是句客套話，誰知這一問，卻勾得梅長亭剛收拾好的情緒一下子又崩潰了。他喉頭滾動半天，閉了閉眼，長嘆一聲說：「不好。皇上不在的這段日子，朝中奸臣當道，多少老臣走的走，貶的貶，現在整個朝政都被那個人弄得烏煙瘴氣，皇上您再不回去，恐怕國將不國啊！」

朱宣文刮茶的手極短地停了停，若不是羅開懷職業病似的練就一副好眼力，怕是注意不到的。

「駙馬多慮了，」他笑說，「朝中皆是股肱之臣，怎會國將不國？」

「股肱之臣？」梅長亭重重地冷哼一聲，「股肱之臣會趁著您不在，把老董事長帶出來的那批老臣一個個踢出公司？股肱之臣會專橫跋扈到自己一言堂？他要是有水準，一言堂也就算了，偏又不是那塊材料，把咱們好好一個奢侈品牌都快要帶成便宜貨了！」說著說著又激動起來。

Dave忙向他使眼色，可他正說到激動處，哪裡停得下來？

「他降低TR的品牌形象和價格，美其名曰拓寬產品線，可咱們奢侈品牌，最重要的是什麼？是在消費者心中的地位！是『哪怕我今天買不起，將來存錢也要買』的追求！當年老董事長帶領一班老臣，花了多少年才把TR這個品牌塑造成今天的形象？可是他呢？他朱力今天所做的一切，都是在毀掉老董事長的心血！」

梅長亭說得動情，把茶杯往茶几上重重一放，灑出許多水。

朱宣文端起蓋碗喝了一口茶，蓋子遮住臉，看不出神色變化，只見喉頭滾動得厲害，似乎是喝了一大口。

「戴公公，駙馬今日是著了什麼魔嗎？怎麼說話瘋言瘋語的？」

「我沒瘋！」梅長亭克制不住地站起來，「瘋的是你，宣文！但你不能再瘋了！你知不知道，朱力已經把公司弄成了什麼樣子？哦，對了，他還為了炒高股價，虛假宣傳要和一個外國品牌合作，結果對方闢謠，導致股價暴跌。這就是剛剛發生的事！」

Dave 不得不上前制止，梅長亭顧不得風度，奮力甩開他。

「你別想攔我！我今天來，不是代表我一個人，而是代表老董事長的英靈！宣文，我求求你！」他說著一步上前，撲倒在朱宣文面前，「我替公司裡那些老臣求求你，快點好起來！你若再不回來，大家就只能一個一個被趕走，老董事長的心血也會被毀掉的啊！」

梅長亭激動之下碰翻了朱宣文的茶碗，茶水雖不滾燙，卻也是很熱的，一下子灑了大片在他身上。朱宣文這下真的怒了。

「戴公公，把駙馬帶下去，以後不要叫他再來見朕！」說罷掙開糾扯，大步朝門外走去。

Dave 得了令，真正擋起來，梅長亭自然是掙不脫的。梅長亭眼見朱宣文背影消失，急得大叫：「宣文，我不相信你真能瘋成這樣！我在影片裡看到了，你那時明明舉止正常，我絕對不會看錯！」

朱宣文轉身消失在門口，羅開懷快步跟上去，走廊光線一暗，叫人有點視線不清。身後仍聽得見梅長亭的叫喊：「我不信你瘋了，你是裝瘋對不對？你有苦衷對不對？就算你有天大的苦衷，也不該躲在家裡，看著爺爺的江山一點一點被毀掉！」

後面就聽不清楚了，他們走出了太遠。

朱宣文走過長長的走廊，走上樓梯。羅開懷在後面小心地跟著，其實她也不清楚自己為什麼要跟著，大概只是覺得不能讓他一個人那樣怒氣沖沖的吧。記憶中還真沒見過他這樣生氣，來朱家這麼多天，看見他氣人的時候不少，別人把他氣成這個樣子，還真是頭一回。

她不由得有點佩服起那個梅長亭來。他說他裝瘋？不，這當然是不可能的，自己一個科班畢業的心理學學士和他朝夕相處這麼多天，若是連真瘋假瘋都沒看出來，那得是有多瞎？

猛然發現朱宣文站住了，她來不及收步子，一下撞了上去。他還在盛怒中，她有點害怕，本能地向後退了退，這才發現他們已停在他的臥室旁。應該是來換衣服的了，按理說她是「妃子」，這種時候不該躲的，可是……

「你去幫朕拿瓶燙傷藥來。」他斂了些怒氣，回頭淡淡地吩咐她。

她一愣，向他手上看去，這才發現剛剛被茶潑過的地方已經紅了。她急忙應了，轉身跑去取藥。

儲藥室離得不遠，她一心想著快點幫他塗上，藥瓶一拿在手裡就要往回跑，可是一抬腳卻又猶豫了。

古裝衣服換起來很慢的，裡面一層，外面一層，一個鈕扣，又一個鈕扣，萬一自己跑到他門口，他還沒穿好，又或者說……還沒脫好，自己是進呢，還是不進呢？

情不自禁地開始腦補一些畫面，她只覺自己一顆小心臟撲騰撲騰地跳起來，一時還真是拿不定主意。她糾結了一會兒，又一想還是燙傷要緊，醫生治病都不避男女大防的，自己此時糾結這般小事，著實不應該。主意已定，她立刻又飛快地朝他房間跑去。

萬一跑得慢了，他換完了衣服可怎麼辦？哦，不對，他燙傷嚴重了可怎麼辦？

誰知當她拿著燙傷藥，氣喘吁吁推開房門時，卻赫然見他已經換好了一身素色家居服，悠悠然地坐在案邊椅子上。

見她進來，他的目光在她臉上掃了掃，淡笑著問：「怎麼？沒見過朕穿番邦的衣服？」

「哦，不，不是，」她忙說，「只是奇怪，皇上怎麼突然穿番邦的衣服了？」

「覺得穿起來方便，一時興起，就穿了。」

她點點頭，輕輕「哦」了一聲，覺得他的笑容裡好像有什麼不對。

走到近前幫他擦藥，雖是裝在復古小瓷瓶裡，味道卻是如假包換的現代味道，她用棉花棒蘸了小心地幫他塗，剛才在樓下的情景沒來由地又闖入腦中。

她想起他聽見「國將不國」，刮著茶的手極短地停了那麼一停；她想起他聽到梅長亭說到激動處，忽然端起茶碗喝茶，碗蓋遮住臉，也遮住神情。

「裝瘋」兩字再次浮出腦海，從這些細節來看，倒的確是有一點跡象呢。當然，也可能是她看錯了，她看過的病人不多，就好像外科醫生沒怎麼上過手術臺，遇到特殊病例，看錯想錯也屬正常。

燙傷面積不大，藥很快擦完了，她想著這些模模糊糊的細節，不由得一邊慢慢收拾藥瓶，一邊不動聲色地觀察他。

「愛妃收拾好了，就下去吧，」他靠在椅背上，些微慵懶地說，「朕今日有些累了，想獨自休息一會兒。」

收拾個藥瓶實在磨蹭不了多少時間，羅開懷蹭無可蹭，也只好慢吞吞地離開。走到門口轉身，見他仍保持那個姿勢靠在椅子上，慵慵懶懶的，每根頭髮都天然地釋放著皇帝的氣勢。

怎麼看也不像是裝出來的。

她關門出去，覺得自己大概是受了梅長亭的暗示。裝瘋？怎麼可能？梅長亭關心朱宣文的樣子倒是情真意切，不過應該是關心過了頭，急瘋了吧。

回儲藥間送回藥瓶，猛然見走廊前方立著一個身影，不是梅長亭是誰？

突然有種背後說人壞話，卻撞上當事人的感覺，她腳步一滯，勉力扯出一個嘴角向上的表情。

「呃，梅總，您怎麼在這裡？」

「我專門在這裡等您的。」梅長亭情緒好了些，但看著仍很激動，「羅醫生，宣文他怎麼樣了？」

「哦，不算嚴重，剛剛用了點藥，應該很快會好吧。」

「真的？」他眼睛放光，「那要多久才能回公司？」

呃，您問的不是燙傷啊？

「這個，恐怕一時還難以確定。」

他眼中黯了黯，嘆道：「羅醫生，我懇請您無論用什麼辦法，一定要儘早治好宣文的病。現在TR集團處在一個很特殊的時期，整個集團的未來都繫在他的身上……也就是繫在您的身上了！」

忽然覺得壓力好大啊。

「呃，我一定會盡力的。」

她一直把梅長亭送出了大門，返身回到園中，這才有時間慢慢分析今天聽到的資訊。

聽起來TR集團內鬥爭挺複雜的，不過古往今來，再複雜的鬥爭也不過是幫派之爭。TR的情況呢，應該是老董事長剛過逝，新董事長又生病，二叔朱力獨霸大權，踢走了很多不聽話的人。而這些人當然不能任他隨便踢啦，便以梅長亭為代表前來探望朱宣文，希望朱宣文快點回公司幫他們。

簡單說來，就是集團陣營分兩邊，梅長亭和一眾老臣站在朱宣文這邊，而朱力站在他們的對立面。當然，事情也有可能沒這麼簡單，最明顯的疑點，就是找到無憂診所的委託人到底是誰。

她剛剛推測是朱力，可如果朱力站在朱宣文的對立面，那他就應該巴不得他的病好不了，怎麼還會找心理醫生替他治療呢？

哦，對了，還有前幾天來行刺的兩個殺手，他們又是哪一派找來的？如果是梅長亭找來的，那他豈不是一邊假裝盼著朱宣文好，一邊又要殺他？這不可能呀。如果是朱力找來的，那他也是一邊要替他治病，一邊又要殺他……或者，還有個不為人知的第三派？

唉，這個朱家好複雜！

羅開懷用力揉了揉腦袋，發現剛好走到之前坐過的假山石邊，莫名其妙地就站住了，想起半小時前他就站在這裡，笑著問她：「朕有三頭六臂嗎？愛妃何以如此驚慌？」

她苦笑了笑。朱宣文，你最好是有三頭六臂，不然你那個 **TR** 集團，實在是比你這妄想症更叫人頭疼呢。

下意識地朝他那扇窗望去，窗子緊閉著，她盯著窗櫺望了一會兒，想起剛剛他疲憊地靠在椅背上，閉著眼睛說：「朕今日有些累了，想獨自休息一會兒。」

突然覺得心裡沉甸甸的，自己也好累。她在石頭上坐下來，盯著池水發呆。一條小魚躍出水面，又撲通一聲落回去，明亮的水面被打出一個小水花，她追著那水聲看過去，看著看著，突然目光一亮。

想起一個今天聽秦風說過、梅長亭也說過的細節。

TR 集團股票大跌！

因為深惡爸爸炒股票，她多年來對「股票」二字產生了一種近似免疫的心理反應，以至於今天兩次聽過這個消息，竟然到了現在才有反應。

爸爸和弟弟好像買了很多TR的股票！不過，他們說之前已經賺了很多，即使現在暴跌，及時賣出也不會有什麼損失吧？心裡終究放不下，拿出手機想打給爸爸，誰知還沒撥號，就聽門外猛然一陣哐哐巨響。她一驚，手機差點掉進水池裡。

響聲是叩門聲，這回定是Linda無疑了。

啊，我今後的日子！

高寶書版集團
gobooks.com.tw

YH 008
我的妄想症男友〈上〉

作　　者　葉子
責任編輯　林子鈺
封面設計　陳采瑩
內頁排版　賴姵均
企　　劃　鍾惠鈞

發 行 人　朱凱蕾
出　　版　英屬維京群島商高寶國際有限公司台灣分公司
Global Group Holdings, Ltd.
地　　址　台北市內湖區洲子街88號3樓
網　　址　gobooks.com.tw
電　　話　(02) 27992788
電　　郵　readers@gobooks.com.tw（讀者服務部）
pr@gobooks.com.tw（公關諮詢部）
傳　　真　出版部(02) 27990909　行銷部 (02) 27993088
郵政劃撥　19394552
戶　　名　英屬維京群島商高寶國際有限公司台灣分公司
發　　行　英屬維京群島商高寶國際有限公司台灣分公司
初　　版　2020年4月

國家圖書館出版品預行編目(CIP)資料

我的妄想症男友／葉子著; -- 初版. -- 臺北市：
高寶國際出版：高寶國際發行, 2020.04
面；　公分. --

ISBN 978-986-361-816-4（上冊：平裝）

857.7　　109002495